YJ CH43

GUSTAVE.

TRAGEDIE
EN CINQ ACTES.

Par M. Piron.

Le prix est de trente sols.

A PARIS,

Chez LE BRETON Fils, Quai des Augustins, au coin de la ruë Gist-le-Cœur, à la Fortune.

M. DCC. XXXIII.
AVEC PRIVILEGE DU ROY.

A

MONSIEUR LE COMTE
DE LIVRY,
PREMIER MAÎTRE D'HÔTEL
DU ROI,
CHEVALIER DE SES ORDRES,
LIEUTENANT GENERAL DE SES ARME'ES.

ONSIEUR,

Ce qui m'interesseroit le plus agréablement au succès de GUSTAVE, seroit le plaisir de pouvoir, par-là, mieux faire éclater le sentiment de reconnoissance qui vous le dédie. Quelque juste que soit ma démarche, je crains bien que vous ne l'approuviez pas. Le soin

EPITRE.

que vous avez pris, dans vos bienfaits, de m'en cacher la source, me fait assez concevoir que l'éclat peut ne pas être de votre goût. Mais, MONSIEUR, je n'ai point de régles à prendre d'une si noble répugnance. Celle que je sens à me taire, n'est pas moins invincible ; & doit, ce me semble, être écoutée préférablement à la vôtre. Tous mes Lecteurs sçauront donc, à la gloire de l'humanité, qu'en m'obligeant depuis long-temps par les endroits les plus sensibles, vous avez craint les remercîmens comme un autre eût craint l'ingratitude ; & qu'il m'a fallu recourir aux plus subtiles recherches, pour découvrir quelle étoit l'invisible main dont je ressentois continuellement les bons offices. Rare & belle espéce de générosité, qui sans doute eût bien mérité de rencontrer des talens plus capables de la célébrer : Mais après tout, les talens sont, je crois, peu nécessaires, où le fait tout simple suffit. J'aurai publié qu'il n'a pas tenu à vous, MONSIEUR, que vous n'ayez été à jamais un BIEN-FAICTEUR ANONIME. Et cette qualité seule, entre mille autres, fera toujours un des beaux endroits de votre éloge. Une partie du reste est dans le cœur des Grands & des Petits qui vous aiment; & l'autre se manifeste assez dans les honneurs que l'équité du Prince vous a décernez ; le seul où j'aspire est celui de me dire avec une parfaite reconnoissance & un profond respect,

MONSIEUR,

Votre très-humble, très - obéïssant
& très-obligé serviteur, PIRON.

APPROBATION.

J'Ai lû par ordre de Monseigneur le Garde des Sceaux, *Gustave*, Tragedie, & j'ai crû que la lecture de cette Piéce feroit autant de plaisir au
Public que la représentation. Fait à Paris le 12 Mars 1733.

GALLYOT.

PRIVILEGE DU ROI.

LOUIS, par la Grace de Dieu, Roi de France & de Navarre, à nos Amez &
seaux Conseillers les Gens tenans nos Cours de Parlement, Maîtres des Reque-
tes ordinaires de Notre Hôtel, Grand Conseil, Prevôt de Paris, Baillifs, Séné-
chaux, leurs Lieutenans Civils, & autres nos Justiciers qu'il appartiendra. Salut. Notre bien-amé le sieur PIRON Nous ayant fait remontrer qu'il souhaitteroit faire imprimer & donner au Public un ouvrage qui a pour titre, *Gustave*, Tragedie par ledit Sr
Piron; s'il Nous plaisoit lui accorder nôs Lettres de Privilege sur ce nécessaires; Offrant pour cet effet de le faire imprimer en bon papier & beaux caracteres suivant la
seüille imprimée & attachée pour modele sous le contre-scel des Présentes. A ces
causes, voulant traiter favorablement ledit sieur Exposant, Nous lui avons permis &
permettons par ces présentes de faire imprimer ledit Livre ci dessus exposé, conjoin-
tement ou séparément, & autant de fois que bon lui semblera, sur papier & caracteres
conformes à ladite seüille imprimée & attachée sous notredit contre-scel, & de le vendre, faire vendre & débiter par tout notre Royaume pendant le temps de six années
consécutives, à compter du jour de la date desdites Présentes. Faisons défenses à toute sorte de personnes de quelque qualité & condition qu'elles soient, d'en introduire
d'impression étrangere dans aucun lieu de notre obéissance; comme aussi à tous Libraires Imprimeurs & autres, d'imprimer, faire imprimer, vendre, faire vendre,
débiter ni contrefaire ledit Livre ci-dessus exposé, en tout ni en partie, ni d'en faire aucuns extraits, sous quelque prétexte que ce soit, d'augmentation, correction,
changement de titre, ou autrement, sans la permission expresse & par écrit dudit Exposant, ou de ceux qui auront droit de lui, à peine de confiscation des Exemplaires
contrefaits, de quinze cens livres d'amende contre chacun des contrevenans, dont un
tiers à Nous, un tiers à l'Hôtel-Dieu de Paris, l'autre tiers audit sieur Exposant, &
de tous dépens, dommages & intérêts, à la charge que ces Présentes seront en-
registrées tout au long sur le Registre de la Communauté des Libraires & Imprimeurs
de Paris, dans trois mois de la date d'icelles; que l'impression de ce Livre sera faite
dans notre Roiaume & non ailleurs, & que l'Impétrant se conformera en tout aux Re-
glemens de la Librairie & notamment à celui du dixiéme Avril 1725. Et qu'avant
que de l'exposer en vente, le manuscrit ou imprimé qui aura servi de copie à l'impression dudit Livre, sera remis dans le même état où l'Approbation y aura été donnée ès mains de notre très cher & féal Chevalier Garde des Sceaux de France le sieur
Chauvelin, & qu'il en sera ensuite remis deux Exemplaires dans notre Bibliotheque
publique, un dans celle de notre Chateau du Louvre, & un dans celle de notredit très
cher & féal Chevalier Garde des Sceaux de France le sieur Chauvelin, le tout à peine de
nullité des Présentes. Du contenu desquelles vous mandons & enjoignons de faire joüir
ledit sieur Exposant, ou ses ayans-causes pleinement & paisiblement, sans souffrir
qu'il leur soit fait aucun trouble ou empêchemens. Voulons que la copie desdites Présentes qui sera imprimée tout au long au commencement ou à la fin dudit Livre, soit
tenuë pour duëment signifiée, & qu'aux copies collationnées par l'un de nos amez

& féaux Conſeillers & Secretaires, foi ſoit ajoutée comme à l'original. Commandons au premier notre Huiſſier ou Sergent, de faire pour l'execution d'icelles tous actes requis & néceſſaires ſans demander autre permiſſion & nonobſtant clameur de Haro, chartre Normande, & Lettres à ce contraires. Car tel eſt notre plaiſir. Donné a Paris le cinquiéme jour du mois de Mars, l'an de grace mil ſept cens trente trois, & de notre Regne, le dix-huitiéme. Par le Roi en ſon Conſeil,

S A I N S O N.

Regiſtré ſur le Regiſtre VIII. de la Chambre Royale & Syndicale de la Librairie & Imprimerie de Paris, N°. 583. Fol. 433. conformément au Reglement de 1723. qui fait défenſes, article IV. à toutes perſonnes de quelque qualité qu'elles ſoient, autres que les Libraires & Imprimeurs, de vendre, débiter & faire afficher aucuns Livres pour les vendre en leurs noms, ſoit qu'ils s'en diſent les Auteurs ou autrement; & à la charge de fournir les Exemplaires preſcrits par l'Article 108. du même Reglement. A Paris, le ſix Mars mil ſept cens trente-trois. G. MARTIN, Syndic.

GUSTAVE.

TRAGEDIE

EN CINQ ACTES.

PERSONNAGES.

GUSTAVE, Prince du Sang des Rois de Suéde.

CHRISTIERNE, Roi de Dannemarck & de Norvege, Usurpateur de la Couronne de Suéde.

FREDERIC, Prince de Dannemarck.

ADELAIDE, Princesse de Suéde.

LEONOR Mére de Gustave.

CASIMIR, Seigneur Suédois.

RODOLPHE, Confident de Christierne.

SOPHIE, Confidente d'Adélaïde.

OTHON, Capitaine des Gardes.

GARDES.

La Scene est à Stockolme dans l'ancien Palais des Rois de Suéde.

GUSTAVE.
TRAGEDIE.

ACTE PREMIER.

SCENE PREMIERE.

CHRISTIERNE, RODOLPHE.

CHRISTIERNE.

Rodolphe, quel rapport viens-tu faire à ton
    Roi ?
De Christierne absent révère-t'on la loi ?
Et tandis que Stockolme éxige ma présence ;
Le Dannemarck, en paix, souffre-t'il la Régence ?
La Reine........

RODOLPHE.

Elle n'est plus, Seigneur ; & cette mort
Peut-être enleve un sceptre au Monarque du Nord.
Du Sénat mécontent l'autorité jalouse

A

GUSTAVE.

Ne ployoit qu'à regrèt sous votre auguste Epouse ;
A peine saisit-il le timon de l'Etat,
Que le Peuple sous lui s'anime à l'attentat.
Ainsi l'annonce au moins l'injurieux murmure,
Où s'exhalent déja l'audace & l'imposture :
Licence, qui montant de dégrez en dégrez,
Méconnoîtra bien-tôt les droits les plus sacrez.

CHRISTIERNE.

De ce désordre, ami, n'accusons que la Reine,
En épargnant le sang, elle a trompé ma haine.
Sa foiblesse a tout fait. Tel ose m'offenser,
Qui ne devroit plus être en état d'y penser.
Quelque Tête abattuë en eût bien épargnées.
Nos disgraces pourtant sont encore éloignées.
Le Rebelle éfrayé va trembler devant moi.
Gustave est mort, dit-on ; s'il est mort, je suis Roi.
Jusqu'ici, dans le cours d'une guerre inconstante,
Du malheureux Sténon la dépoüille flottante
Tint du Nord, entre nous, l'hommage suspendu :
Ce Rival accablé ; j'obtiens ce qui m'est dû.
Je règne ; & désormais, sans trouble & sans mesure,
Mon pouvoir ne finit, qu'où finit la nature.
Mais, Rodolphe, laissant ces soins ambitieux,
Ton Roi se veut ouvrir tout entier à tes yeux.
Tu m'annonces le sort d'une épouse importune
Dont l'Epoux, dès-long-temps, méditoit l'infortune ;
Oüi. La mort la frapant de ses traits imprévus,
Rompt des nœuds que bien-tôt le divorce eût rompus.

RODOLPHE.

Quelles raisons, Seigneur, l'avoient donc condamnée?

CHRISTIERNE.

Le projèt résolu d'un nouvel hyménée ;
Les transports d'un amour trop long-temps combatu ;
Et d'autant plus ardent, que toujours il s'est tû.

RODOLPHE.

La nouvelle en effet me surprend ; & j'ignore
Quel est l'objèt, Seigneur, que votre flâme honore.

CHRISTIERNE.

Que ta surprise augmente, en apprenant son nom.
Adélaïde.

RODOLPHE.

Quoi ?........

CHRISTIERNE.

La fille de Sténon ;
Captive ; dans mes fers gémissante en esclave ;
Promise à Fréderic ; amante de Gustave ;
Reste unique & plaintif d'un sang que j'ai versé.
C'est de-là qu'est parti le trait qui m'a percé.

RODOLPHE.

Si sa possession, Seigneur, vous est si chére ;
Pourquoi permettre donc que Fréderic espére ?

CHRISTIERNE.

De ce blâme sensible aigris moins que jamais
Les reproches sanglans, ami, que je me fais.
Juste punition du mépris trop barbare
Dont j'outrageai d'abord une Beauté si rare !
Ecoute ; & tu plaindras un cœur qui se soumit,
Quand il eut suscité les maux dont il gémit.
Du massacre des Miens, Stockolme ensanglantée
Par un dernier assaut, venoit d'être emportée ;
La Vengeance y faisoit éclater sa fureur ;
Et le droit de la guerre y répandoit l'horreur.
Ce Palais renfermant une garde assez forte,
Nous y courons ; la hache en fait tomber la porte.
J'entre. On fuit devant nous. Le sang coule ; & nos cris
Font voler la terreur sous ces vastes lambris.
Mourante entre les bras d'une femme éperduë,
Adélaïde alors fut oferte à ma vûë.

Sa pâleur, à mon œil de colère enflammé,
Déroba mille appas qui m'auroient défarmé.
D'un mortel ennemi je ne vis que la fille ;
Que le refte d'un fang, funefte à ma famille ;
Les armes de fon pére ont fait périr mon fils !
Et cette image alors fut tout ce que je vis.
Je craignis la pitié toujours trop magnanime.
Je détournai les yeux de deffus la victime ;
Et ma rigueur ainfi prenant un libre effor,
L'envoya dans la tour, où je la tiens encor.
A n'en fortir jamais, elle étoit condamnée.
Mais ces peuples aimoient le fang dont elle eft née.
Il étoit important de les pacifier ;
Et ce fut à ma haine à fe facrifier :
A fouffrir que l'hymen unît à fa perfonne
L'héritier préfomptif de ma triple Couronne.
Fréderic avoüé de l'Etat & de moi
Eut donc ordre d'aller lui préfenter fa foi.
Il y fut. Le penchant fuivit l'obéïffance ;
Mais, quoiqu'il eût pour lui rang, mérite, naiffance ;
Qu'au plus dur efclavage, en s'offrant, il mît fin ;
Deux ans de foins n'ont pû faire accepter fa main.
De ce refus conftant mon autorité laffe
D'une vaine indulgence eût bien-tôt pris la place ;
Mais le Prince allarmé rejétant ce fecours,
Recula fon bonheur, en m'apaifant toujours.
Enfin je m'accufai de trop de complaifance.
Et croyant qu'à mon ordre il manquoit ma préfence,
Je vis Adélaïde. Ah, Rodolphe ! Peins-toi
Tout ce qu'a la beauté de féduifant en foi !
Tout ce qu'ont d'engageant la jeuneffe & des graces,
Où la tendre langueur fait remarquer fes traces !
Son front timide, un air interdit & diftrait,
Tout, jufqu'à fes malheurs, fut en elle un attrait ;

Et d'autant plus touchant qu'ils étoient mon ouvrage !
Triomphe humiliant des Beautés qu'on outrage !
La honte fait sentir je ne sçais quels remords
Qui du tyran des cœurs sont les traits les plus forts.

 Ainsi l'amour, en moi, sembloit prendre naissance
De tout ce qui devoit bannir mon espérance :
En effet, que prétendre ? & de quoi se flatter ?
Du divorce la voye étoit à redouter.
Fréderic vertueux voit rejetter sa flâme,
Gustave fugitif règnoit seul sur cette ame.
Je n'osai donc parler ; mon feu se renferma :
Mais, sous ce feu couvert, ma fureur s'alluma.
Craignant des deux amans l'intelligence adroite
La prison de l'amante en devint plus étroite ;
Et me servant d'un droit redoutable aux Proscripts :
De l'amant préféré je mis la tête à prix.
Dernier expédient, fâcheux, mais infaillible ;
L'or étant un apât qui nous rend tout possible.
Ce jour, de toute part, secondé par le sort,
J'apprends que je suis libre, & que Gustave est mort.
Fréderic ici donc est le seul qui me nuise.
Je veux qu'en Dannemarck son devoir le conduise ;
Qu'il parte ; & que l'honneur d'être utile à son Roi,
Serve d'heureux prétexte à l'éloigner de moi.

RODOLPHE.

 Seigneur, à cet écüeil n'exposez pas son zéle.
Le Prince est adoré dans le Parti rebelle.
Le Peuple en fait son Roi : le Sénat l'a souffert.
Quelle fidélité tient contre un sceptre offert ?
Sur-tout si dans le temps que chacun le proclame,
Il soupçonne, il apprend le tort fait à sa flâme,
Ajoûtez, que pour lui, tous les cœurs prévenus
Rappellent quelques droits qu'il a mal soutenus ;
Et que le Dannemarck entraînant la Norvège

Des droits de l'équité colore un sacrilège.
Ainsi, vous ne pouvez, Seigneur, en ce danger,
Ni trop le retenir, ni le trop ménager.
Qu'il reste sous vos yeux ; qu'il serve la Princesse.
Dès qu'il n'est point aimé : que votre crainte cesse.
Sous le joug cependant ramenant le Danois,
Et pour un sceptre alors pouvant en offrir trois ;
Sur quiconque oseroit entrer en concurrence,
Christierne aisément aura la préférence :
Et connoîtra bien-tôt, au comble de ses vœux,
Qu'un amant couronné jamais n'est malheureux.

CHRISTIERNE.

Des soucis dévorans, où mon cœur se consume,
Je sens que ta présence adoucit l'amertume.
Poursuis ; sur tes conseils je régletai mes pas ;
Veille ; écoute ; instruis-toi ; ne te rallentis pas.
Perce de cette Cour l'obscurité perfide.
Sous ta garde, aujourd'hui, je mets Adélaïde.
Fais-la, de sa prison, passer en ce Palais :
Mais, auprès d'elle encor, n'accorde aucun accès.
Du sort de son amant, gardons-nous de l'instruire.
Chargeons-en le rival à qui nous voulons nuire.
Vas ; tâche seulement, lui peignant ma grandeur,
Tâche à la pressentir sur l'offre de mon cœur.

SCENE II.

CHRISTIERNE seul.

DEs faveurs que le Ciel m'annonce ou me prépare,
Un si fidele ami sans doute est la plus rare.
Elle faisoit en vain mon unique souhait :
Tout m'abandonne ; Tout me trahit ou me hait.
Sur ce Thrône éclattant que son erreur me vante,

Siégent les noirs soupçons & l'aveugle épouvante.
Un sommeil inquiet en suspend les travaux ;
Et le trouble me suit jusqu'au sein du repos.
Quoi, pour objet de crainte & de guerre éternelles,
Des voisins ennemis ; ou des sujets rebelles !
J'ai dompté les premiers ; & les autres cent fois,
De ma vengeance austére ont ressenti le poids.
Déja, si je n'accours, l'Hydre est prête à renaître.
Esclaves révoltés ! tremblez sous votre maître !
Redoutez un courroux tant de fois rallumé !
Traîtres ! Je serai craint, si je ne suis aimé.

SCENE III.

CHRISTIERNE, FREDERIC, CASIMIR.

CHRISTIERNE.

FREDERIC, sçavez-vous le destin de la Reine ?

FREDERIC.

Seigneur, à vos douleurs je viens joindre la mienne.

CHRISTIERNE.

Un malheur toujours traîne un malheur après soi.
Mon peuple se révolte, & vous veut pour son Roi.

FREDERIC.

Moi, Seigneur ! Ah, croyez que n'avoüant personne........

CHRISTIERNE.

Prince, on ne s'ouvre guère à ceux que l'on soup-
çonne.
Qui m'eût été suspect sur un tel intérêt,
Pour toute confidence, eût reçû son arrêt.
Je vous connois si bien, que mon ordre suprême,
Des soins du châtiment, vous eût chargé vous-même :

GUSTAVE.

Si je n'avois pas craint, pour vous, l'état fâcheux
D'un amant qu'on arrache à l'objet de ses vœux.

FREDERIC.

A de pareils égards, je dois être sensible.
Mais cet objet aimé, Seigneur, est infléxible.
Je n'y dois plus prétendre : & quelque éloignement
Seroit, pour moi, plutôt un secours, qu'un tourment.

CHRISTIERNE.

Le désespoir vous trompe ; & n'est qu'une foiblesse
Que de justes raisons défendent qu'on vous laisse.
Et je veux........

FREDERIC.

Vous voulez croître ce désespoir,
Seigneur, en vous armant de tout votre pouvoir !
Ah ! Laissez-moi me plaindre ! & soyez moins rigide ;
Ne persécutons plus la triste Adélaïde ;
J'ai, près d'elle, employé la constance & les pleurs,
Croyant, par mon hymen, adoucir ses malheurs.
Mais puisqu'il n'en est point que sa douleur ne brave ;
Puisque le doux lien qui l'attache à Gustave
Est serré par le temps, loin d'en être affoibli ;
Je ne veux ; & n'ai plus que la mort ou l'oubli.

CHRISTIERNE.

Espérez mieux d'un bruit que la cruelle ignore.

FREDERIC.

Et quel bruit ?

CHRISTIERNE.

Ce n'est plus qu'une Ombre qu'elle adore.

FREDERIC.

Qu'une Ombre ? Quoi Gustave........

CHRISTIERNE.

Est tombé sous les coups
D'une sécréte main venduë à mon couroux.
Qu'à présent votre amour parle avec confiance.

SCENE IV.

CHRISTIERNE, FREDERIC, CASIMIR, OTHON.

OTHON.

SEIGNEUR, un Inconnu vous demande audiance.
Il apporte, dit-il, une tête en vos mains,
Dont la chûte importa long-temps à vos desseins.

CHRISTIERNE.

Qu'on lui fasse un accueil digne d'un tel service.
Chargez-vous un moment, pour moi, de cet office,
Othon; il me verra; vous pouvez l'en flatter.

SCENE V.

CHRISTIERNE, FREDERIC, CASIMIR.

CHRISTIERNE.

PRINCE, vous l'entendez, il n'en faut plus
douter.
C'est pour Adelaïde une triste nouvelle,
Mais c'est une raison pour tout espérer d'elle.
L'intérêt de vos feux demandoit ce trépas.
Informez-l'en vous-même; & ne m'accusez pas.
Achevez dans l'espoir de posséder ses charmes,
D'épuiser, en ce jour, & d'essuyer ses larmes;
Vous lui pourrez vanter vos soins officieux :
Je leur accorde enfin son retour en ces lieux.
Qu'elle ne s'arme plus d'une vaine constance,
Contre un pouvoir que rien désormais ne balance;

Ou si l'ingrate encor persiste en ses refus ;
Ce pouvoir outragé ne vous consulte plus.

SCENE VI.

FREDERIC, CASIMIR.

CASIMIR.

MON ame dès-long-temps, Seigneur, vous est
connuë.
Souffrez qu'en liberté je pleure à votre vûë,
Les malheurs de Gustave & ceux de mon pays.

FREDERIC.

Les intérêts du mien n'en sont pas moins trahis,
Casimir. Répandons l'un & l'autre des larmes ;
Toi, sur Gustave ; & moi, sur la honte des armes,
Dont nous venons d'abattre un ennemi si grand.
Christierne triomphe en nous deshonorant.
Le perfide ! Et c'est-là mon Prince ? lui, mon Maître ?
Ah ! Laissant là le droit du sang qui m'a fait naître,
C'est un cri qui du ciel doit être autorisé :
Tout sceptre que l'on souille est un sceptre brisé !

CASIMIR.

L'infortune publique & ce noble langage
Montrent bien que le Thrône étoit votre partage.
Qu'un peu moins de mépris en vous, pour ce haut rang,
Nous auroit épargné de larmes & de sang !
Mais la vertu néglige, & souvent même ignore
Des droits, qu'ainsi le crime usurpe & deshonore.

FREDERIC.

Donne à mon indolence, ami, des noms moins
beaux.
Je n'eus d'autres vertus que l'amour du repos.

Je ne méprisois point les droits de ma naissance.
J'évitois le fardeau de la Toute-puissance.
Je cédois sans regrèt des honneurs dangereux ;
Et le pénible emploi de rendre un peuple heureux,
D'un noble dévoûment je ne fus pas capable.
Des forfaits du Tyran ma molesse est coupable.
Et pour mieux me charger de tous ceux qu'il commet,
Le cruel m'associe au comble qu'il y met.
Par un assassinat qui tient lieu de victoire,
C'est peu que de son peuple il ait terni la gloire :
C'est peu de publier qu'à cette cruauté
De mes feux malheureux l'intérêt l'a porté,
Pour achever ma honte, & consommer son crime,
Il veut que ce soit moi qui frape la victime ;
Que par moi la Princesse apprenne son malheur.
Qu'en lui tendant la main , je lui perce le cœur.
Helas ! Tout odieux qu'est l'emploi qu'on me laisse ,
Fuyons. J'obéïrois. Je me connois : sans cesse
Son amour m'interroge : & ma pitié l'instruit.
Elle tient, de moi-seul, l'espoir qui la séduit.
Puis-je , d'un front sérain , l'en voir encore flattée ?
Elle pénètrera dans mon ame agitée ;
Un seul mot, un regard , un soupir...... Je la voi !
Retiens , cher Casimir , tes pleurs ! ou laisse moi.

SCENE VII.

FREDERIC, ADELAIDE, LEONOR.

ADELAIDE.

SEJOUR , où commandoit l'auteur de ma naissance !
Lieu témoin du bonheur de ma paisible enfance !
Palais de mes ayeux , où leur sang est proscrit !

Que votre augufte afpect me frape & m'attendrit !

FREDERIC à part.

Pourquoi ne pas avoir évité fa préfence ?
Mon trouble, à chaque inftant, peut trahir mon filence.

ADELAIDE.

Un bonheur apparent caufe un nouvel éffroy,
Seigneur, à qui fubit les cruautés du Roi.
A la clarté du jour, il fouffre que je vive.
Avec quelque douceur, il parle à fa Captive.
Ce changement qui tient en fufpens mes efprits,
De ma foumiffion devoit être le prix.
Vous l'êtes-vous promife ! auriez-vous laiffé croire
Que je fonge à trahir & Guftave & ma gloire ?

FREDERIC.

Non, Madame; vous-même, avez - vous un mo-
　　ment,
Accufé mon amour d'un tel égarement ?
Non, fincère & foumis, j'ai fur votre conftance,
Ainfi que mes difcours, réglé mon efpérance;
Fréderic qui vous aime, & que vous avez craint,
N'afpire qu'à la fuite; & ne veut qu'être plaint.

ADELAIDE.

Hé, Seigneur ! Eft-ce à ceux que l'infortune accable,
A jetter, fur quelqu'autre, un regard pitoyable ?
Si votre cœur gémit en de triftes liens,
Le plus grand de vos maux eft le moindre des miens.

FREDERIC.

Mon malheur le plus grand, Madame, c'eft le vôtre.
Plût au Ciel que je n'euffe à gémir que de l'autre !
Mais fentant à la fois ma peine & vos ennuis,
Qui ne compâtiroit à l'état où je fuis ?

ADELAIDE.

Vous avez, je le fçai, partagé mes allarmes.
Ma prifon rigoureufe a fait couler vos larmes;

Et votre appui sans doute en éclaircit l'horreur.
J'ai pû craindre un instant qu'à mon persécuteur
De la même pitié l'adresse téméraire
Ne m'eût peinte incertaine & prête à lui complaire.
Grace au Ciel ! Elle a sçu plus noblement agir ;
Et je puis en goûter les effets, sans rougir.
Soyez sûr à jamais de ma réconnoissance.
Que le don de mon cœur n'est-il en ma puissance ?
Mais vous sçavez, Seigneur, si j'en puis disposer.
Ce n'est plus un tribut qu'on me doive imposer.
D'autres vertus, avant les vôtres, l'éxigèrent.
Lassez-vous d'un récit que vos plaintes suggèrent.
Je dois être à Gustave : il en a pour garant,
La volonté d'un pere, & d'un pere expirant.
Ma fille, me dit-il, *comptons sur sa vaillance ;*
Il sera mon vengeur ; soyez sa récompense.
Cet ordre, son amour, mon devoir, sa valeur,
Voilà ses droits. J'en compte encore un ; son mal-
    heur.
La fuite, où le condamne un pouvoir tyrannique.
Exil, où mon image est sa douceur unique !
Cela seul, en mon cœur, a droit de le graver ;
Et le vôtre est trop grand, pour ne pas m'approuver.
Si jamais la Fortune aussi moins inhumaine,
Si la Victoire, un jour, en ces lieux le ramene ;
De ce Héros instruit de vos bontés pour moi,
L'estime & l'amitié paîront ce que je doi.
J'espére tout encor, Seigneur, puisqu'il respire ;
Et c'est vous, tous les jours, qui me le daignez dire.
Il m'aime. Il sçaura vaincre. Il brisera mes fers.
Les Tyrans sont-ils seuls à l'abri des revers ?
Les nôtres finiront.

FREDERIC *à part.*
Malheureuse Princesse ;

ADELAIDE.

Vous me plaignez ! Quelle est la pitié qui vous preſſe ?

FREDERIC.

Vous connoiſſez le Roi, Madame ; & vous ſçavez....

ADELAIDE.

Je ſçais que le Barbare oſe tout. Achevez.

FREDERIC.

Hélas !

LEONOR.

Va-t'il ſur nous fondre un nouvel orage ?

FREDERIC.

Leonor, ſoutenez aujourd'hui ſon courage !
Adieu. *Il ſort.*

LEONOR.

Qu'annonce enfin ce douloureux tranſport ?

ADELAIDE.

Ah, mon cœur a frémi, Seigneur ! Guſtaye eſt mort !

SCENE VIII.

ADELAIDE, LEONOR.

ADELAIDE.

A Ce comble de maux vous m'aviez réſervée,
Madame, & par vos ſoins je m'y vois arrivée !
Mon déſeſpoir affreux ne vous pardonne pas.
Pourquoi mille fois prête à mourir dans vos bras,
Le jour, où dans les fers par vous je fus ſuivie,
Pourquoi m'avoir renduë aux horreurs de la vie ?
Mes yeux, mes triſtes yeux, qu'à regrèt je r'ou-
vris,
N'auroient pas à pleurer votre malheureux fils.
Que je vais payer cher un eſpoir inutile !

LEONOR.

Eſt-ce à vous à pleurer, quand ſa mere eſt tranquille ?

ADELAIDE.

Calme dénaturé qui ne ſert en ce jour
Qu'à prouver que le ſang eſt moins fort que l'amour !

LEONOR.

Il prouve qu'à mon âge un peu d'expérience
Condamne, entre ennemis, l'aveugle confiance.
Un fils m'eſt auſſi cher, que vous l'eſt un amant ;
Et je ne voudrois pas lui ſurvivre un moment.
Mais n'eſt-ce pas, Madame, être auſſi trop crédule?
De vous tromper ici, ſe fait-on un ſcrupule ?
On croit, de vos ſermens, par-là vous dégager.

ADELAIDE.

Ah ! le Prince a trop craint toujours de m'affliger.
Fréderic eſt ſincére.

LEONOR.

Oüi ; mais, Madame, il aime :
Chriſtierne d'ailleurs peut l'abuſer lui-même.
Celui-ci, ſur un bruit qui flatte ſa fureur,
Tout le premier peut-être, eſt auſſi dans l'erreur.
De tout temps, par la voix des peuples peu croyables,
La vaine Renommée a débité des fables.
Guſtave, ſans chercher d'exemples au-dehors,
Sur ce mauvais garand, me compte au rang des morts.
Dans le ſanglant déſaſtre, où je perdis ſon pére,
L'opinion publique enveloppant ſa mére,
Sans doute quand le bruit en parvint juſqu'à lui,
Je lui coûtai les pleurs qu'il vous coûte aujourd'hui.
Par un coup toutefois que tout le monde ignore ;
Comme il peut me revoir ; on peut le voir encore.
C'eſt un cœur maternel qui tarde à s'émouvoir.
Comme un heureux augure acceptons mon eſpoir.
Que vous dirai-je enfin ? Si le vouloir céleſte,

Par un fonge, aux Mortels, fouvent fe manifefte ;
Le bras vengeur eft prêt de fraper en ces lieux.
Je l'ai vû, cette nuit, ce fils victorieux.
Le Ciel au châtiment trop lent à fe réfoudre,
Dans fa main triomphante, avoit remis fa foudre.
De la pourpre Royale, il étoit revêtu,
Tandis que fous fes pieds, Chriftierne abattu,
Cachant dans la pouffière, un front fans diadême,
Reftoit, dans cet opprobre, en horreur aux fiens même.
Ce fonge de mon fils préfage-t'il la mort ?
Rentrons ; & de Sophie attendons le rapport.
Sophie, à fes parens, pour un moment renduë,
Ne borne pas fa joye à joüir de leur vûë.
De tout ce qui s'eft fait, fon zèle s'inftruira :
Et je ne m'en tiendrai qu'à ce qu'elle en dira.

Fin du premier Acte.

ACTE II.

ACTE II.

SCENE PREMIERE.

CASIMIR *seul.*

HEROS de la Patrie ! Ombre augufte & plaintive !
Prince , à qui les Deſtins veulent que je ſurvive ;
Si je leur obéïs ; ſi ma douleur ſe tait,
C'eſt dans l'eſpoir vengeur dont mon cœur ſe repaît.
Ici bien-tôt ; ici , ton Bourreau mercénaire
Doit venir de ton ſang demander le ſalaire ;
Ce fer le lui réſerve. Il mourra. Fut-ce aux yeux
Du Monarque abreuvé d'un ſang ſi précieux !
Lui-même eût ſatisfait le premier à tes Mânes.
Mais le Juge des Rois , le Ciel , aux mains prophanes,
Dans leur ſang , tel qu'il ſoit , défend de ſe tremper,
Et ſon tonnerre ſeul a droit de les fraper.
Souffre donc........

SCENE II.

CASIMIR, FREDERIC,

CASIMIR.

AH Seigneur ! où courez-vous ? d'où naiſſent
Les tranſports & le trouble où tous vos ſens paroiſ-
ſent ?
Quelque nouveau malheur viendroit-il d'arriver ?

B

FREDERIC.

Du plaifir de la voir je devois me priver,
Cafimir ! C'en eſt fait ! J'ai part au parricide.
J'ai, du fort de Guſtave, inſtruit Adelaïde.
Je n'ai pû furmonter la pitié qu'inſpiroit
Une eſpérance vaine, où fon cœur s'égaroit.
Mes pleurs l'ont détrompée, & j'en porte la peine.
Son malheur, contre moi, va redoubler fa haine.
Annoncer ce malheur, l'avoir moi-même ofé,
C'eſt m'être mis au rang de ceux qui l'ont cauſé.
Ma triſteſſe, à fes yeux, peut-elle être fincére ?
Elle craint mon amour ; elle croit que j'eſpére ;
Qu'un triomphe ſécret renferme dans mon fein,
Les lâches fentimens d'un rival inhumain.
Je ne la blâme pas ; d'ennemis entourée,
Sur quelle foi veut-on qu'elle foit raſſurée ?
Juſqu'où n'aveugle pas l'excès de la douleur ?
Excuſons l'injuſtice au milieu du malheur.
Je ne m'en prends qu'aux foins du Tyran qui l'accable.
Plus il veut mon bonheur ; plus il me rend coupable.
A ma perte, à fa honte, il veut être obéï ;
Et s'il me fervoit moins, je ferois moins haï.

CASIMIR.

Courez donc l'arracher d'auprès de la Princeſſe,
Que fans doute pour vous, en ce moment, il preſſe.

FREDERIC.

Et c'eſt-là le ſujet de mon emportement !
Je courois la rejoindre à fon appartement ;
Epancher à fes pieds, & mon cœur & mes larmes ;
Jurer de ne jamais attenter à fes charmes ;
Et, dans les pleurs, du moins la laiſſer fans effroi.
Chriſtierne venoit de s'y rendre avant moi.
Et quand je veux l'y fuivre ; on m'en défend l'entrée :
De dépit, de douleur mon ame eſt pénétrée.

C'est trop mettre à l'épreuve un Prince au désespoir
Qui hors de l'équité méconnoît tout pouvoir.
Qui peut briser un joug qu'il s'imposa lui-même.
Je ne réponds de rien , blessé dans ce que j'aime.
Tant de mèchancetés , d'injustices , de sang,
Ne rappellent que trop Frédéric à son rang.

CASIMIR.

Remontez-y ; Seigneur , abattez qui vous brave !
Attaquez-l'en un temps , où le sang de Gustave,
Où le sang indigné de tant d'autres Proscripts,
Aux lieux d'où part la foudre ; a fait monter ses cris.
Vos armes ; dans le cours d'une si juste guerre ,
Auront l'appui du Ciel , & les vœux de la terre ;
Que dis-je ? Le Tyran n'est-il pas déposé ?
Le Peuple & le Sénat , pour vous , ont tout osé :
Vous avez leur suffrage : & la flote informée
Déja du même zéle , est sans doute animée.
Eclattez , le triomphe est sûr , & n'est pas loin.
Mais n'en attendez plus Casimir pour témoin.
Je le fus trop long-temps des maux de ma Patrie.
Je veux de Christierne affronter la furie.
Meure le scélerat dont le bras l'a servi ?
Et que le jour après , s'il veut , me soit ravi.
Trop content si je suis la dernicre victime
D'un pouvoir si funeste & si peu légitime !

FREDERIC.

Adieu, le meurtrier s'avance vers ces lieux ;
Et j'évite un aspect qui me blesse les yeux.

SCENE III.

GUSTAVE, CASIMIR.

CASIMIR *à part.*

PRESENTER le combat à ce monſtre éxécrable,
C'eſt l'honorer encor d'un ſort trop favorable.
haut, & tirant l'épée.
Evite, ſi tu peux, le péril que tu cours ;
Je ne t'imite point, traître, défends tes jours.

GUSTAVE.

Arrête ! Ouvre les yeux, Caſimir ; enviſage
L'ennemi qui t'aborde, & que ton zéle outrage !
Cet accüeil, pour Guſtave, eſt un accüeil bien doux.

CASIMIR.

Qu'entend-je ? Quel prodige ! Ah, Seigneur ! eſt-ce
       vous ?
Vous ! de qui la Suéde a pleuré la diſgrace ?

GUSTAVE.

Parlons bas. Leve-toi, Caſimir ; & m'embraſſe.

CASIMIR.

Moi-même, dans vos bras, à peine je m'en croi,
Qui ne ſeroit glacé de ſurpriſe & d'effroi ?
Quel déſeſpoir vous jette en ce péril extrême ?
Vous, Seigneür ? à Stockolm ! & dans le Palais même
D'un Barbare qui va par-tout, l'or à la main,
Mandier, contre vous, le fer d'un aſſaſſin !

GUSTAVE.

Je connois Chriſtierne, & ſçais où je m'expoſe,
Caſimir ; mais j'eſpére encor plus que je n'oſe.
Envain la barbarie habite ce ſéjour,
Si j'y vois mon courage approuvé par l'amour ;

Plus avant que jamais rentre en ma confidence.......
Mais peut-on se parler ici sans imprudence ?

CASIMIR.

Cet endroit, du Palais est le plus assuré.
De tous ses Courtisans Christierne entouré
Ne revient pas si-tôt d'avec Adelaïde.

GUSTAVE.

Avant tout autre soin, rassure un feu timide
Qui d'une longue absence a droit d'être allarmé.
Le fidele Gustave est-il encore aimé ?

CASIMIR.

A-t'il pû soupçonner la foi de la Princesse ?

GUSTAVE.

J'y comptois. Mais dis-moi : libre de sa promesse,
Sur le bruit de ma mort prenoit-elle un époux ?

CASIMIR.

Non, Seigneur ; elle n'aime, & n'eût aimé que
vous.

GUSTAVE.

Tu crois que sa constance eût honoré ma cendre.

CASIMIR.

Vos malheurs la rendoient plus fidéle & plus tendre.

GUSTAVE.

Je ne connois donc plus ni crainte ni danger,
Ami, Stockolme est libre ; & je vais la venger.

CASIMIR.

Et quelle trame heureuse a donc été tissuë ?
Vos soins l'auroient conduite ; & je ne l'ai pas sçuë !
Seigneur, de vos secrets j'étois moi seul exclus ?
Et de votre amitié vous ne m'honoriez plus ?

GUSTAVE.

Le Tyran, jusques-là, portoit ma prévoyance,
En affectant de mettre, en toi, sa confiance.

CASIMIR.

Lui ! Se fier à moi ? Seigneur , le croyez-vous ?
Tout est suspect à ceux qui sont suspects à tous.
La défiance marche avec la tyrannie.
De l'ame du méchant toute paix est bannie.
Aux plus noires fureurs le lâche abandonné
Se croit , de ses pareils , toujours environné.
Et quand , en ma faveur , sa terreur se surmonte
Si je ménage un choix qui me couvre de honte ,
Si j'en soutiens l'affront ; le motif en est beau ;
Vos amis, sans cela , seroient tous au tombeau :
J'ai flatté ; sans rougir, une injuste puissance,
Qui souvent, à ma voix , épargnoit l'innocence ;
Et vous devez , Seigneur , à mon zèle , à ma foi ,
Ceux que vous avez crû plus fidèles que moi.

GUSTAVE.

Pardonne , & désormais n'ayons l'ame occupée
Que du plaisir de voir mon erreur dissipée.
Je craignois ta rencontre ; & déja je la prends
Pour le présage heureux de ce que j'entreprends.
Dans le piège mortel je tiens enfin ma proye.
Conçois-tu, Casimir, mon audace & ma joye ?
Pour te les peindre , songe aux horreurs du passé ;
A tant d'excès commis ; à tant de sang versé !
Rappellons-nous ici ma première infortune.
Image à des vengeurs plus douce qu'importune !
Gustave Ambassadeur du malheureux Sténon,
Contre la foi publique , & sans respect du nom ,
Eprouve des cachots le supplice & l'injure ;
Je demeure enchaîné , tandis que le parjure
Vient saccager ici des peuples éperdus,
Qu'il craignoit que mon bras n'eût trop bien défendus.
J'échappai , mais trop tard ; & fuyant nos frontiéres
Depuis cinq ans , en proye aux armes étrangéres,

Je passai sous un Ciel encor plus ennemi,
Où le Soleil n'échauffe, & ne luit qu'à demi;
Tombeau de la nature, effroyables rivages
Que l'ours dispute encore à des hommes sauvages?
Azile inhabitable; & tel qu'en ces déserts,
Tout autre fugitif eût regretté ses fers.
Sans espoir, sans Patrie, ignoré sur la terre:
C'est-là, durant trois ans, que je fuis & que j'erre:
Qu'impuissant ennemi, qu'amant infortuné,
Je maudis mille fois l'instant où je suis né.
Une misère enfin si profonde & si rare,
Trouve quelque pitié dans ce climat barbare;
J'arme, je viens, je vole; & les âpres hyvers
Me font d'un pied léger, franchir de vastes mers.
C'est alors, que pour vaincre, il fallut disparoître,
Et qu'un prix publié (dignes armes d'un traître)
Offrit ma tête en butte à l'avare assassin.
J'oppose avec succès, la ruse à ce dessein;
Je dépoüille d'un chef l'apparence nuisible.
Travesti; mais des miens par tout l'ame invisible,
Je marche à la faveur de ce déguisement:
Et Gustave, à couvert, triomphe impunément.
Dans Stockolme, à l'abry de l'heureux stratagême,
Je viens seul me servir d'émissaire à moi-même;
Là, je vois mon devoir écrit de tout côté;
D'un Temple, d'un Palais le marbre ensanglanté,
Une veuve, une fille, une mere plaintive;
Tout m'émeut; tout retrace, à mon ame attentive,
L'instant, où de leur fils réclamant le secours,
Périrent, sous le fer, les auteurs de mes jours.
Et Juge, en mes projets, quelle est ma diligence?
Quand le cœur embrasé d'amour & de vengeance,
Je lançois mes regards vers l'horrible prison,
Où vous laissez gémir le beau sang de Sténon.

J'affemble mes amis , mon afpect les ranime;
J'ai peine à réprimer leur fureur magnanime.
Ils doivent, cette nuit, attaquer le Palais ,
Tandis qu'à fondre ici , mes bataillons tout prêts ,
Du creux de nos rochers , fortant fous ma conduite
Améneront l'allarme & le trouble à ma fuite.
Du carnage mon nom fera l'affreux fignal.
Mais je veux m'affurer , avant l'inftant fatal,
D'un falut dont le foin m'agiteroit fans ceffe ;
Je veux de ce Palais , enlever ma Princeffe.
Dans ce deffein , qu'en vain tu n'approuverois pas ,
Moi-même je répands le bruit de mon trépas ;
Et viens paroître aux yeux d'un Tyran que je brave,
A titre de vainqueur du malheureux Guftave.
J'héfitois , je l'avouë , à m'y déterminer ;
L'ombre de l'impofture a de quoi m'étonner :
Mais fongeons qu'il y va des jours d'Adelaïde ;
Et croyons tout permis pour punir un perfide.

C A S I M I R.

Et ne craignez-vous pas, Seigneur, en vous montrant,
D'un Tyran foupçonneux le regard pénétrant ?

G U S T A V E.

Non : quand ce Roi barbare ufa de violence ;
Son ordre m'épargna l'horreur de fa préfence.
Et rendu , par le temps, méconnoiffable aux miens ;
Je puis me préfenter , fans rifque , aux yeux des fiens.
Mais, quand pour pénétrer jufques à la Princeffe,
Il ne me faut pas moins de courage & d'adreffe.
Quand perfonne (du moins tel eft le bruit public)
Ne la voit , ne lui parle , excepté Frédéric.
Ami, j'y réfléchis : dis-moi ; dois-je t'en croire ?
Sur quoi l'affures-tu fidéle à ma mémoire ?

C A S I M I R.

Sur ce que Frédéric lui-même a laiffé voir ;

Sur sa pitié pour elle ; & sur son désespoir.
Ne cherchons pas, Seigneur, de preuve plus solide.
Son désespoir nous peint celui d'Adelaïde.
Sa flamme généreuse égale sa douleur
A celle de l'objet qui fait tout son malheur.
Et ne m'alléguez pas, que peut-être il m'abuse.
Il s'emporte, il menace, il vous plaint, il s'accuse.
Du Tyran qui le sert, il déteste l'appui :
Ses prétentions même ont cessé d'aujourd'hui ;
D'aujourd'hui, comme un crime, il regarde sa flâme.

GUSTAVE.

Voilà pour un rival bien de la grandeur d'ame !

CASIMIR.

Et c'est ce que je vois de plus flatteur pour vous.
Plus le rival est grand, plus le triomphe est doux.

GUSTAVE.

J'aimerois mieux une ame & moins noble & moins
    tendre.
Moins Frédéric prétend, plus il eût pû prétendre.
Que ne peut la vertu sur les cœurs vertueux ?
Je serois bien injuste & bien présomptueux,
Si le Ciel aujourd'hui vouloit que je périsse,
D'éxiger ou d'attendre un si grand sacrifice.
La mort rompt tous les nœuds qui peuvent nous lier ;
On l'estime : on l'eût plaint ; Il m'eût fait oublier.
Déja peut-être...... Mais mes yeux vont m'en instruire.
Un plus long entretien, Ami, nous pourroit nuire.
Laisse-moi. Cependant flatte plus que jamais,
L'ennemi qu'il est temps d'observer de plus près.

SCENE IV.

GUSTAVE *seul.*

MEs yeux vont lire au fonds du cœur d'Adelaïde.
Je tremble. Voilà donc ce Guſtave intrépide
Qui veut changer la face & les deſtins du Nord?
Ce Guerrier redouté qui mépriſant la mort
Juſques dans ſon Palais, vient braver Chriſtierne?
Un mouvement jaloux l'abat & le conſterne!
De quoi jaloux encor? J'en rougis; mais helas!
Tendre & toujours abſent, quels ſoupçons n'a-t'on pas?
Quelqu'un vient. Renfermons le trouble qui m'agite.

SCENE V.

CHRISTIERNE, GUSTAVE, RODOLPHE.

CHRISTIERNE.

CE calme, je l'avoüe, & m'étonne & m'irrite:
Rodolphe, que dis-tu de ſa tranquillité?
Mais nous confondrons bien cette incrédulité!
Eſt-ce là le témoin que ma colére apprête?
Celui qui de Guſtave apporte ici la tête?

GUSTAVE.

Oüi, Seigneur, c'eſt moi-même; & vous regnez
enfin.

CHRISTIERNE.

Pourquoi ſe préſenter ſans ce gage à la main?

GUSTAVE.

Je ne paroîtrois pas avec tant d'aſſurance,
Si ce gage fatal n'étoit en ma puiſſance;

C'est un spectacle affreux dont vous pouvez joüir ;
Et c'est à vous , Seigneur , à vous faire obéir.

CHRISTIERNE.

Tous les déguisemens de ce Chef téméraire,
A tes yeux vigilans , n'ont donc pû le soustraire ?

GUSTAVE.

Quelque forme qu'il prît , Seigneur , pour échapper,
Je le connoissois trop pour m'y laisser tromper.

CHRISTIERNE.

Où l'as-tu rencontré ? Dans quelle circonstance,
Le Ciel a-t'il livré le traître à ma vengeance ?

GUSTAVE.

Quand vous aviez , Seigneur , tout à craindre de lui.

CHRISTIERNE.

En quels lieux ? Dans quel temps?

GUSTAVE.

A Stockolme. Aujourd'hui

CHRISTIERNE.

Sous nos yeux ?

GUSTAVE.

Ici même , & dans l'instant peut-être,
Qu'au péril de vos jours , il alloit reparoître.

CHRISTIERNE.

Tu m'étonnes. Poursuis. Comment triomphes-tu ?
L'as-tu pris , sans défense ? ou l'as-tu combattu ?

GUSTAVE.

Je n'ai point à rougir d'un honteux avantage.
Vous pourrez dans la suite éprouver mon courage ;
Et vous verrez alors quand je cueille un laurier,
Seigneur, que je le cueille en généreux guerrier.

CHRISTIERNE.

à Rodolphe.   *à Gustave.*

J'aime sa noble audace. Exige ton salaire ;
Ce que j'ai de pouvoir s'offre à te satisfaire.

GUSTAVE.

Mon bras , dans ce motif ne s'étoit point armé;
Un intérêt si bas l'auroit mal animé.
J'eûs pour objet unique , en exposant ma vie ,
Le desir glorieux de servir ma Patrie ;
Et puisque l'honneur seul excita ma valeur ;
Il faut , pour tout salaire , acquitter cet honneur;
Faites que son espoir n'ait pas été frivole.

CHRISTIERNE.

Prononces ; que veux-tu ?

GUSTAVE.

Dégager ma parole.

CHRISTIERNE.

Qu'as tu promis ?

GUSTAVE.

Gustave , aux portes de la mort
A tracé cet écrit , par un dernier effort ;
Et j'ai cru lui pouvoir hasarder la promesse
De le rendre aujourd'hui moi - même à la Prin-
cesse.

CHRISTIERNE.

Voyons ce qu'il contient, tu seras satisfait ;
Je connois sa main ; donne. Oüi , c'est elle en effet.

IL LIT.

Adieu , Princesse infortunée ,
La victoire n'est pas du plus juste parti :
Je vous servois ; je meurs.. Telle est ma destinée ;
Et mon Astre cruel ne s'est pas démenti.
D'une félicité vainement attenduë ,
Si vous m'aimiez encore , oubliez les douceurs ;
Votre repos m'occupe au moment où je meurs ;
Regnez : je vous remets la foi qui m'étoit dûë.
Laissez-en désormais disposer les Vainqueurs.

A GUSTAVE.

Sors, avant que le jour de ces lieux disparoisse;
Rodolphe te fera parler à la Princesse.
GUSTAVE.
Il me reste une grace à demander.
CHRISTIERNE.
Et quoi ?
GUSTAVE.
Que par ménagement & pour elle & pour moi,
On ne m'annonce point comme auteur de sa perte.
Mais comme un simple ami dont la main s'est offerte...
CHRISTIERNE.
Je t'entends; c'eût été le premier de mes soins.

SCENE VI.

CHRISTIERNE, RODOLPHE.

CHRISTIERNE.
HE bien lui faudra-t'il encor d'autres témoins ?
Elle en croira Gustave : elle verra sa Lettre,
Et son dernier avis peut enfin la soumettre.
Mais que son cœur se rende où non; j'aurai sa main.
RODOLPHE.
Le temps peut en effet.......
CHRISTIERNE.
Non, Rodolphe, demain;
C'est tout le temps que peut souffrir la violence
D'un feu que pousse à bout la gêne & le silence;
Soumise ou non; demain, elle m'a pour époux.
RODOLPHE.
Sans vous embarasser des fureurs d'un jaloux;

D'un Prince qu'appuyeront des Sujets infidéles ?
CHRISTIERNE.

   Vains discours ; je ne crains ni lui ni les Rebelles.
Frédéric y renonce : osant le déclarer
Lui-même il s'est privé du droit d'en murmurer.
Et quant à mes Sujets ; tout le mal ne procéde
Que du feu de la guerre allumée en Suéde ;
Ici, par mon hymen, quand j'aurai tout calmé,
Là, bientôt, par la peur ; tout sera désarmé.
Je te dispense enfin de ces marques de zéle ;
J'adore Adelaïde ; & je ne vois plus qu'elle.
Toi-même qui l'as vûë, à d'amoureux transports ;
Peux-tu, sans injustice, opposer tes efforts ?
Quel est donc mon pouvoir ? Maître de tant de charmes,
S'agira-t'il toujours de contraintes, d'allarmes,
D'obstacles, de délais, de mesure à garder ?
Il s'agit de mourir ou de la posséder ;
Il n'est point de périls que l'Amour ne dédaigne.
Différer, est le seul aujourd'hui, que je craigne ;
Il me reste un Rival qui s'est fait estimer ;
Si je perds un instant ; il peut se faire aimer.
RODOLPHE.

   Espérez mieux, Seigneur, de ceux qui vous secon-
     dent.
Il ne la verra plus : mes soins vous en répondent.
On l'oublîra bien-tôt ; vous, si vous m'en croïez,
Ne précipitez rien : daignez plaire : essayez
D'écarter ce qui peut occuper sa pensée.
De quoi n'est pas capable une Amante insensée.
Voulez-vous......
CHRISTIERNE.

   Oüi, Rodolphe ; oüi, telle est mon ardeur ;
Dût-elle entre mes bras, signaler sa fureur !
Fut-ce à la perfidie, allier la tendresse ;

Et placer, dans mon lit, la haine vengeresse......
Mais de quoi s'allarmer au sein de la vertu?
J'aurai sa foi ; je l'aime ; & je règne. Crois-tu
Que du lien formé la sainteté soit vaine ?
Les Autels sont alors les bornes de la haine ?
Le nom d'Epoux, de Roi, ne désarme-t'il pas ?
L'Hymen a des devoirs ; le Thrône a des appas.
L'un ou l'autre peut-être adouciront son ame.
Tantôt, tu permettois plus d'espoir à ma flamme :
D'un Amant couronné tu relevois les droits ;
Et l'Amour, à t'entendre, obéïssoit aux Rois.

RODOLPHE.
Aussi je ne crois pas la Princesse infléxible,
Quelques soins, quelque égard peut la rendre sensible,
Si même à Frédéric elle résiste encor
Ne l'en accusez point.

CHRISTIERNE.
Et qui donc?

RODOLPHE.
Leonor.
Cette femme, Seigneur, vous est-elle connuë ?

CHRISTIERNE.
C'étoit, il m'en souvient, la Suivante éperduë,
Qui, le jour qu'en ces lieux je portois le trépas,
Soutenoit la Princesse expirante en ses bras.

RODOLPHE.
C'est votre véritable & mortelle ennemie.
La Princesse, Seigneur, par elle est affermie
Dans les ressentimens qu'elle fait éclater.
J'ai surpris des discours à n'en pouvoir douter.
Je dis plus ; je la crois toute autre qu'on ne pense.
Ce qu'elle est, se démêle à travers l'apparence ;
Et tout son air dénonce, à l'orgueil qu'on y lit,
Quelqu'un bien au-dessus du rang qui l'avilit.

Seigneur, dans vos deſſeins, vous me prenez pour guide?
Séparez Léonor d'avec Adélaïde.

CHRISTIERNE.

Ayant à la fléchir, ce ſera l'irriter.
N'importe, ton avis n'eſt pas à rejetter.
J'implore là-deſſus ta prudence ordinaire.
Veille-les de plus près; & s'il eſt néceſſaire;
Pour peu que tes ſoupçons pénétrent plus avant,
Tu peux les ſéparer, vas : mais auparavant,
A quelque affreux danger, qu'un prompt hymen expoſe,
Cours au Temple : que tout, pour demain s'y diſpoſe.
Inſtruis-en de ma part la Fille de Sténon :
De l'Epoux ſeulement laiſſe ignorer le nom.
C'eſt au pied de l'Autel où je dois la conduire,
Qu'en Monarque abſolu je prétens l'en inſtruire.

RODOLPHE.

Vous pouvez tout, Seigneur, ſi pourtant.....

CHRISTIERNE.

Plus d'avis,

Ni de retardemens, je le veux. Obéïs.

Fin du ſecond Acte.

ACTE III.

ACTE III.

SCENE PREMIERE.

ADELAIDE, SOPHIE.

ADELAIDE.

HE bien, chére Sophie, après tant de misere ;
Libre enfin tu volois entre les bras d'un pére ;
On te le permettoit ; mais je vois, à tes pleurs,
Que tu viens d'éprouver le plus grand des malheurs.

SOPHIE.

Que ma prison n'a-t'elle été ma sépulture ?
J'eusse ignoré des maux dont frémit la nature.

ADELAIDE.

Ainsi, dans notre sang, l'ennemi s'est baigné ?
Et le fer des Vainqueurs n'a donc rien épargné ?

SOPHIE.

Ils ont laissé par-tout le deüil & le ravage.
Nous ne nous en faisions qu'une imparfaite image.
Cette Ville n'est plus qu'un débris effrayant
Où l'œil épouvanté la cherche en la voyant ;
Stockolme a disparu ; sa splendeur est éteinte.
Un désert est resté ; vaste & lugubre enceinte,
Où tout ce que la guerre épargna de Héros,
A péri dès-long-temps, par la main des Boureaux.
Mon pére fut du nombre ; & je viens de l'apprendre ;
Mais personne ne sçait où repose sa cendre ;
Et c'est me dire assez que de son triste sort,
L'horreur s'est étendüe au-delà de sa mort.

C

ADELAIDE.

Ton pére étoit fidéle & cher à sa Patrie.
Pour oublier sa mort, souviens-toi de sa vie ;
Et sers-toi des conseils dont tu sçavois si bien ,
Combattre mes douleurs, quand je pleurois le mien.
Helas ! près de tes maux, quels sont ceux que j'endure !
Vois gémir , à la fois, l'Amour & la Nature.
Car enfin sois sincére ; en crois-tu Léonor ?
Qu'en penses-tu ? son fils respire-t'il encor ?

SOPHIE.

Non , Madame ; sa mort n'est que trop avérée.

ADELAIDE.

Cruelle ! Et quel témoin t'en a donc assurée ?

SOPHIE.

Le Meurtrier poursuit son salaire à la Cour.

ADELAIDE.

Le même coup , deux fois, m'assassine en un jour !

SOPHIE.

Ce qui doit rendre encor nos regrets plus sensibles ;
C'est l'espoir dont flattoient ses armes invincibles.
Le Ciel depuis six mois favorisoit ses coups.
De triomphe en triomphe , il s'avançoit vers nous.
Nos malheurs l'attendoient , au bout de la carriére.
C'est-là qu'il est frappé d'une main meurtriére ;
Et qu'à ce Défenseur long-temps victorieux ,
On arrache la vie & la palme à nos yeux.
Sa déplorable mére est enfin convaincuë ;
Et du coup trop certain sa grande ame abattuë..........

ADELAIDE.

Nous nous importunons dans notre accablement ;
J'ai besoin , comme toi , d'être seule un moment.

SCENE II.

ADELAIDE *seule.*

ET ma douleur profonde, à ce récit funeste,
De mes jours malheureux, n'a pas tranché le
 reste!
Ainsi donc la vertu cede au crime impuni :
Toute erreur est cessée ; & tout espoir fini.
Ai-je bien-tôt du Ciel épuisé la colére ?
O mort ! ô seul azile !........

SCENE III.

ADELAIDE, LEONOR.

LEONOR.

AH ma fille !
ADELAIDE.
    Ah ma mére !
LEONOR.
Moi, sans fils, désormais, comme vous, sans époux,
Notre unique recours est à des noms si doux.
ADELAIDE.
De notre liberté voilà donc les prémices ?
LEONOR.
Et l'équité des Cieux que j'ai cru plus propices !
ADELAIDE.
Pressentimens trompeurs !
LEONOR.
    Tous nos vœux sont trahis !
C ij

ADELAIDE.

O mon dernier espoir ! ô Gustave !

LEONOR.

O mon fils !

ADELAIDE.

Heureuses dans ce jour d'amertume & d'allarmes,
Qu'il nous soit libre encor de confondre nos larmes !

LEONOR.

Ne l'oubliez jamais ! Qu'il vive en votre cœur !
Vous me verrez pour vous, survivre à ma douleur.

ADELAIDE.

S'il vivra dans mon cœur ? Oubliez-vous, vous même,
Combien, depuis quel temps, à quels titres je l'aime ?
Oubliez-vous, Madame, en ce triste moment,
Que je le pleûre à titre & d'Epoux & d'Amant ?
Mon pére le nomma son Gendre, à ma naissance,
Nous fûmes l'un à l'autre engagés dès l'enfance ;
Et quand ce Prince aimable abandonna ces lieux ;
Un souvenir si cher attendrit nos adieux.
Bien que mon second lustre alors finît à peine,
L'absence n'avoit fait que resserrer ma chaîne.
Ma flâme, en attendant des nœuds plus solemnels,
Croissoit de jour en jour dans vos bras maternels.
Je le voyois en vous ; sa mére étoit la mienne.
A ma tendre amitié, je mesurois la sienne.
Vous cultiviez en moi des sentimens si doux.
Mon cœur vous secondoit. Ah, Madame ! Est-ce à
        vous ;
Quand la mort me l'enleve ; est-ce à vous, d'oser croire
Qu'un autre le pourroit bannir de ma mémoire !
Qui seroit-ce ? Jamais Frédéric, à mes yeux,
Tout vertueux qu'il est, ne fut plus odieux.

LEONOR.

C'est encor un bonheur que dans notre infortune,

Il fçache commander à fa flâme importune.
Le Tyran femble même avoir abandonné,
Les projèts , où d'abord il étoit obftiné.
Dès long-temps l'Inhumain n'ufe plus de menace.
Je vois que votre afpect le touche & l'embarraffe.
Ses perfécutions n'ont plus la même ardeur.
Helas ! il ne voit plus d'obftacle à fa grandeur !
Il ceffe de haïr , ceffant d'avoir à craindre ,
Dans mon fang malheureux , fa rage a dû s'éteindre:
Je vous ai bien acquis la trifte liberté ,
De voüer à mon fils quelque fidélité.

ADELAIDE.

Attendons-nous plutôt à quelque ordre finiftre ,
Le Tyran fe fait craindre à l'afpect du Miniftre.

SCENE IV.

ADELAIDE, LEONOR, RODOLPHE.

RODOLPHE.

NOn , Madame , le Roi n'afpire déformais ,
Qu'à faire , à fes rigueurs , fuccéder fes bienfaits:
En ce jour , où tout prend une paifible face ,
Il veut que le paffé fe répare , & s'éfface ;
Que le Sang de Sténon rentre ici dans fes droits ;
Et que votre bonheur couronne fes Exploits.
La Garde qui vous fuit , déja n'eft plus la fienne.
Ce Palais reconnoît en vous fa Souveraine.
Commandez-y , Madame , & reprenez un rang ,
Où la vertu vous place encor plus que le Sang.

ADELAIDE.

Si ton Maître eft touché des pleurs qu'il fait répandre;
Si d'un tel bienfaicteur mon bonheur peut dépendre ,

Si tout, dans ce Palais, se doit assujettir,
Si j'y commande enfin ; qu'on m'en laisse sortir.
Trop d'horreur est mêlée à l'air qui s'y respire.
Il est d'affreux Climats qui bornent cet Empire.
La nature y languit loin de l'Astre du jour.
Mon repos, mon bonheur est là : c'est le séjour,
L'azile & le Palais qu'on demande à ton Maître ;
Et non des lieux souillés du Sang qui m'a fait naître.
Qu'il daigne, en ces déserts, me faire abandonner ;
Loin de lui je consens à lui tout pardonner.

R O D O L P H E.

Madame, il faut s'armer d'un plus noble courage.
Que parlez-vous d'aller, dans un climat sauvage,
D'un Peuple qui vous aime, ensévelir l'espoir ?
Faites céder pour lui, la tristesse au devoir.
Faites céder, pour vous, la foiblesse à la gloire.
L'on dépose, à vos pieds, les fruits de la victoire.
Votre pére n'eût eû qu'un Sceptre à vous laisser.
Dans un rang trop commun, c'étoit vous abaisser.
La Fortune se sert de votre malheur même,
Pour vous ceindre le front d'un triple Diadême :
Mais c'est en éxigeant le don de votre main,
Madame ; & les Autels sont parés pour demain.

L E O N O R.

De nos Persécuteurs le Ministre barbare
Leur a-t'il inspiré l'ordre qu'il nous déclare ?
Ou Ministre soumis, s'il ne fait qu'obéïr,
Ne leur rien remontrer, n'est-ce pas les trahir ?
Parlons, à cœur ouvert : & laissons l'artifice
Qui veut, d'un faux honneur, colorer l'injustice.
L'Usurpateur a mis le comble à ses forfaits.
De leur fruit dangereux, il veut joüir en paix.
Et l'Hymen qu'il oppose à la haine publique,
De ses pareils, toujours fonda la politique.

Mais quel temps choisit-il pour en former les nœuds?
Qu'il soit prudent du moins, s'il n'est pas généreux.
Qu'insultant lâchement aux pleurs de la Princesse,
Toute pudeur, en lui, toute humanité cesse;
Bravera-t'il un Peuple encor mal asservi?
Idolâtre d'un Sang si long-temps poursuivi?
Qui, pour premier trophée, à cette horrible fête,
Du Gustave égorgé, verra porter la tête.
Que ces restes sanglans, nos cris, notre fureur,
Soient au Néron du Nord, des sources de terreur!

RODOLPHE.

Léonor, réprimez une audace inutile;
Du Vainqueur, à jamais, le pouvoir est tranquile.
Et du Vaincu la tête exposée en ces lieux,
N'y doit épouvanter que les séditieux.

LEONOR.

Ciel vangeur, se peut-il que ta justice endure
D'un semblable Vaincu le malheur & l'injure?
De ceux qu'on assassine, est-ce donc là le nom?
Téméraire! En nommant le Gendre de Sténon,
Respecte d'un Héros l'auguste caractére;
Sur-tout en adressant la parole à sa mére.

RODOLPHE.

Vous, sa mére!

ADELAIDE.

Il manquoit cette horreur à mon sort!
Vous avez prononcé l'Arrêt de votre mort.

RODOLPHE.

Non, Madame; le Roi ne cherchant qu'à vous
  plaire
Je réponds de ses jours, dès qu'elle vous est chére.
Elle vivra. Souffrez seulement qu'on ait soin,
D'écarter de l'Autel un semblable témoin;
Et que, pour contenir la douleur qui l'égare,

D'avec vous, aujourd'hui, mon devoir la fépare;

ADELAIDE.

Nous féparer ! cruel ! Et qui t'en a chargé ?

RODOLPHE.

Pour mon Maître, pour vous, je m'y crois obligé.
Gardes !

ADELAIDE.

Qu'ofes-tu faire ? Eft-ce là ma puiffance,

RODOLPHE.

Vous fervir, ce n'eft pas manquer d'obéïffance.

LEONOR.

Adieu, Madame, adieu ; ce trifte éloignement,
D'un trépas défiré, hâtera le moment ;
Le Tyran m'offriroit une grace inutile.

ADELAIDE.

Entre mes bras encor il vous refte un azile.
Animez de l'excès des plus vives douleurs,
Ces foibles bras fçauront vous difputer aux leurs,
Hé quoi ! Vous me laiffez défolée & confufe ?
A mes embraffemens ma mére fe refufe.

LEONOR.

Que me reprochez-vous ? Et bien je les reçois
Madame ; honorez-m'en pour la derniére fois.
Mais puifez dans les miens, un peu de ma conftance,
Ne vous abaiffez pas jufqu'à la réfiftance !
Quel fecours vous promet l'impuiffante amitié ?
L'on ne connoît ici ni refpect ni pitié.
Et le fexe & le rang font de vains priviléges,
Le fort nous abandonne à des mains facriléges,
Les défarmerez-vous par d'inutiles cris ?
A tant d'indignités oppofons le mépris.
Que le vôtre, en ce jour, plus que jamais éclate,
Confondez hardiment l'efpoir dont on vous flate,
Redoutant vos Sujets prompts à fe révolter,

Chriftierne, à vos jours, n'oferoit attenter.
A qui donc ofe, ici, nous traiter en efclave,
Expliquez-vous en Reine, en Veuve do Guftave.
Redemandez le fang d'un Pére & d'un Epoux !
Pleurez-les ! pleurez-moi ! vengez-les ! vengez-vous !
Je ne me croirai point d'avec vous féparée,
Si, fidélle à l'amour que vous avez jurée........
Vous le ferez ; c'eft trop offenfer votre foi.
Vous ne trahirez point Sténon, mon fils ni moi,
Adieu. (*à Rodolphe.*) Fais ton devoir.

RODOLPHE.

Gardes ! qu'on la retienne.

SCENE V.

RODOLPHE, ADELAIDE.

RODOLPHE.

Madame, une autre main plus chére que la
fienne
Du côté le plus sûr, fçaura guider vos pas.
La mére fur le fils, ne l'emportera pas.
On ne veut rien de vous, qu'il n'ait voulu lui-même.
Du moins fi vous bravez la Puiffance fuprême,
Un Amant peut ne pas vous fuplier en vain.
Il a laiffé, pour vous, un billet de fa main,
Où ce que je vous dis fe fait affez connoître.
Un des fiens vous l'apporte ; & je le vois paroître.
Je vous laiffe.

SCENE VI.

GUSTAVE, ADELAIDE.

GUSTAVE à part.

J'Ay vû tout ce que j'avois craint !
L'infidelle va rompre un nœud qui la contraint :
Au Temple où tout est prêt, ma mémoire est proscrite.

ADELAIDE, sans tourner les yeux vers lui.

Approchez. Je conçois quel trouble vous agite.
Mon aspect vous rappelle un ami qui n'est mort,
Que pour avoir trop pris d'intérêt à mon sort.
Sans moi l'on n'auroit pas à regretter sa vie.

GUSTAVE.

Son malheur, jusques-là, n'est digne que d'envie.
Madame ; à vos Sujets, rien ne paroît plus doux
Que l'honneur de combattre & de mourir pour vous.
Gustave, je l'avoüe, avoit plus à prétendre.
Il croyoit........

ADELAIDE.

Vous avez un billet à me rendre.

GUSTAVE.

Oüi, Madame, entouré des horreurs du trépas,
Il a, de vos sermens, affranchi vos appas ;
Et les derniers efforts de son amour extrême
Sont allez jusqu'au soin de vous rendre à vous-même.

ADELAIDE.

Il eût dû s'épargner des efforts superflus.
Elle ouvre le billet.
C'est lui-même. Ecoutons un Amant qui n'est plus.

ELLE LIT:

. . . .
D'une félicité vainement attenduë,
Si vous m'aimiez encor, oubliez les douceurs.
Votre repos m'occupe au moment où je meurs ;
Regnez. Je vous remets la foi qui m'étoit düe ;
Laiffez-en déformais difpofer les Vainqueurs.

Que plutôt, mille fois, périffe Adélaïde !
Voilà donc mon Arrêt & fur quoi l'on décide ?
Barbare Frédéric ! Eft-ce là ta vertu ?
Ton Rival expiroit, de quoi te prévaus-tu ?
Cet aveu, de mon fort ne te rend pas l'arbitre.
Il eft pour toi, plutôt un éxemple, qu'un titre.
Ah ! fur ce titre envain, ton efpoir eft fondé !
Guftave emportera le cœur qu'il a cédé.
D'un Héros, jufqu'à toi, daignerois-je defcendre ?
Ce qu'il a fait pour moi, je le dois à fa cendre ;
Et m'embarraffant peu d'un repos qui me fuit ;
Mon amour veut le fuivre, où le fien l'a conduit.
Reprenons un récit que ma douleur éxige.

Guftave eft à fes pieds.
Dites-moi........ Mais que vois-je ?

GUSTAVE.
Adélaïde !

ADELAIDE.
Où fuis-je ?

GUSTAVE.
Dans les bras d'un Amant qui vit encor pour vous !

ADELAIDE.
Ah ! Je le reconnois : j'embraffe mon époux.

GUSTAVE.
O nom dont la douceur me paye avec ufure,
Des malheurs, dont j'ai crû voir combler la mefure !

GUSTAVE.

ADELAIDE.

Et tu veux donc combler la mesure des miens ?
Cruel ! Je n'attendois qu'une mort ; & tu viens
M'en faire souffrir mille , en mourant à ma vûë ?

GUSTAVE.

D'un billet capticux le sens vous a déçuë,
Madame ; si j'accorde au Vainqueur votre foi ,
C'est qu'il n'est plus ici d'autre Vainqueur que moi.
Vos Tyrans assiégés vont payer de leurs têtes ,
Tout le sang......

ADELAIDE.

Ah ! Seigneur, songez-vous où vous êtes ?
Si quelqu'un.........

GUSTAVE.

Je ne suis écouté que de vous,
Casimir nous seconde & veille ici pour nous.

ADELAIDE.

Et d'erreur en entrant ne m'avoir pas tirée !
Avoir de mes regrets prolongé la durée ?
Et sur des fictions, laissé couler mes pleurs ?

GUSTAVE.

Ces pleurs m'étoient garants du plus grand des bon-
heurs.
Ils remettoient la paix dans une ame saisie
Des terreurs d'une aveugle & tendre jalousie.
Terreurs que j'avoûrai comme un crime à présent !
Mais , dont mon cœur alors ne pouvoit être exempt.
Le bruit de mon trépas , près de neuf ans d'absence ,
Les soins de Frédéric , ses vertus , sa puissance ,
Et dans le Temple enfin son bonheur annoncé......

ADELAIDE.

Ah ! qu'un moment plutôt , mon amour offensé ,
A cette jalousie injuste & criminelle,
Opposoit un témoin bien cher & bien fidéle !

GUSTAVE.

Et qu'attester encor après ce que j'ai vû !
Au fond de votre cœur l'heureux Gustave a lû.
Ne songeons qu'à l'exploit qui le doit faire absoudre.
Cette nuit, vous regnez ; je vous venge ; & la foudre
Tombe sur Christierne avant qu'elle ait grondé.
Sans le soin de vos jours, le coup eût moins tardé.
Mais vos fers vous laissoient à la merci du Traître.
De vous, au premier bruit, il se fût rendu maître ;
Et le glaive, à nos yeux, levé sur votre sein,
Il nous eût arraché les armes de la main.
Nous même, des fureurs désarmons la plus noire !
Qu'il ne dispose plus du fruit de la victoire.
Du peu de liberté qu'aujourd'hui l'on vous rend,
L'usage est d'importance, & l'avantage est grand ;
Il en faut profiter : si-tôt que la nuit sombre
Sur ces lieux ménacés, épaissira son ombre ;
Hâtez-vous de vous rendre au Portique éloigné
Qui de la mer, alors, cesse d'être baigné.
La Valeur attend là votre auguste présence.
A l'instant mon triomphe & le vôtre commence ;
Et j'immole à vos yeux celui qui fit, aux siens,
Immoler les Auteurs de vos jours & des miens.
Vous pleurez ! doutez-vous du succès de mes armes ?

ADELAIDE.

Non ; je vous connois trop pour vous donner des
      larmes.
Que n'a pas déja fait, que ne peut votre bras ?
Et l'amour triomphant ne l'affoiblira pas.
Mais qu'à cet ennemi dont vous craignez la rage ;
Ma fuite laisse encor un précieux ôtage !

GUSTAVE.

De le faire avertir il faut prendre le soin,
Madame ; quel est-il ?

GUSTAVE.

ADELAIDE.

Ce fidéle témoin
Près de qui s'inftruiroit votre flâme jaloufe.
Une tête auffi chére à vous qu'à votre époufe.
Votre mére.

GUSTAVE.

Ma mére ! Eh quoi ? Ma mére vit !

ADELAIDE.

Dans les fers d'où je fors Léonor me fuivit ;
Et refta près de moi , tout ce tems , inconnuë ,
Mais enfin fa douleur ne s'eft plus contenuë ,
Dès que de votre mort le bruit s'eft confirmé :
De ce qu'elle eft , par elle , on vient d'être informé.
Et dèja dans la Tour , elle rentre peut-être.

_____

SCENE VII.

GUSTAVE, ADELAIDE, CASIMIR.

CASIMIR.

J'Apperçois Frédéric , Seigneur , il va paroître.
Fuyons !

GUSTAVE.

Ah Cafimir ! Qu'ai-je appris ? Viens ; fuis-moi !

ADELAIDE.

Seigneur ?.......

GUSTAVE.

Reftez , Madame ; & calmez cet éffroi :
Au lieu marqué , fongez feulement à vous rendre.

ADELAIDE.

Vous allez tout rifquer , voulant trop entreprendre !
Laiffez de Frédéric implorer le crédit.

SCENE VIII.

ADELAIDE *seule*.

OU court-il? imprudente, où suis-je? Qu'ai-je dit?
Mais que devois-je faire? ô fatale journée?
Par quels événemens seras-tu terminée?

SCENE IX.

ADELAIDE, FREDERIC.

ADELAIDE.

SEIGNEUR! si vous m'aimez?........
FREDERIC.

Ne me reprochez rien,
Madame ; cet amour se justifiera bien.
De votre Hymen en vain la pompe se prépare.
Malheur à qui l'ordonne! Oüi, puisque le Barbare
Insulte à ma prière, aussi-bien qu'à vos pleurs :
Il est temps d'opposer fureurs contre fureurs.
L'honneur, votre repos, voilà ma loi suprême.
Je n'aurai point en vain triomphé de moi-même :
L'effort m'a trop coûté pour en perdre le fruit.
Madame, il faut me suivre & partir cette nuit.
La Flotte me seconde, & je dispose d'elle.
La fortune, les vents, les cœurs, tout nous appelle.
Je n'ay que trop tardé ; les malheureux Danois
Me reprochent leurs fers & l'oubli de mes droits.
Vos malheurs & les leurs sont devenus mes crimes.
Pour un Monstre abhorré, ce sont trop de victimes ;
D'un joug insuportable, il faut vous affranchir,

Et confondre un Tyran qu'on ne sçauroit fléchir,
D'un si juste projet soyez l'heureux mobile ;
Pour me rendre le Thrône acceptez un azile,
Madame ; & que du soin qui m'anime pour vous,
Renaisse enfin ma gloire, & le bonheur de tous.

ADELAIDE.

Non ; je dois respecter l'azile qu'on m'accorde,
Et ne pas y traîner une affreuse discorde,
Dont je serois, Seigneur, le flambeau détesté.
Un autre espoir en vous, aujourd'hui m'est resté.
Si vous ne la sauvez, Léonor est perduë.
Qu'avant la fin du jour, elle me soit renduë !
Sa vie est en péril ; & la mienne en dépend.

FREDERIC.

J'avois traité de fable un bruit qui se répand.
De Gustave en effet seroit-elle la mére ?

ADELAIDE.

Vous concevez par-là combien elle m'est chére,
Et tout le prix du temps qu'avec moy vous perdez.
Seigneur ! avant la nuit, si vous me la rendez ;
Si de votre amitié j'obtiens cette assurance !......
Mais dois-je vous parler de ma reconnoissance ?
La gloire seule émeut la magnanimité ;
Et son premier salaire est d'avoir éclaté.

SCENE X.

FREDERIC seul.

Laissons-là nos projets, courons la satisfaire,
Elle m'offre sans doute un moyen de lui plaire ;
Mon bonheur ne dépend que d'un soin généreux :
Quel plaisir, à ce prix, de pouvoir être heureux !

Fin du troisiéme Acte.

ACTE IV,

ACTE IV.

SCENE PREMIERE.

CHRISTIERNE, RODOLPHE.

CHRISTIERNE.

JE prétends faire ainsi remonter ma vengeance
Aux sources du mépris qui bravoit ma puissance;
La même Léonor qui l'osa balancer,
Expiera ce mépris, ou le fera cesser;
De ses derniers discours retractera l'audace,
Ou sentira l'effet de ma juste menace.
Est-elle par ta bouche instruite de son sort?

RODOLPHE.

Elle a, devant les yeux, l'appareil de sa mort.
Et j'attendois, Seigneur, qu'elle en fût plus émuë,
Pour la faire, à l'instant, paroître à votre vûë.

CHRISTIERNE.

Et dis-moi, d'un bonheur qu'il n'accepta jamais,
De quel œil Frédéric a-t'il vû les apprêts?

RODOLPHE.

On l'observe, Seigneur, sans qu'on pénétre encore
S'il céde, ou s'il résiste au feu qui le dévore.
Son départ, à la nuit, d'abord étoit marqué,
Mais presque sur le champ, l'ordre s'est révoqué.
Animé d'autres soins, & plein de confiance;
Maintenant il vous cherche, avec impatience;

D

Et moi, d'un entretien, que vous ne cherchez pas,
J'ai voulu, mais en vain, détourner l'embarras.
Sur mes pas, dans ces lieux, il est prêt à se rendre.

CHRISTIERNE.

Il faut bien, tôt ou tard, se résoudre à l'entendre.
Et le Peuple ? Quels sont cependant ses discours ?

RODOLPHE.

De la mort de Gustave il veut douter toujours,
Seigneur ; ou promptement rendez-la manifeste ;
Ou ce doute, demain, peut vous être funeste.

CHRISTIERNE.

J'ignore quel motif engageoit Casimir
A combattre l'idée, où tu viens m'affermir.
Oüi ; pour éteindre un feu que l'erreur perpétuë ;
Présentons aux mutins leur Idole abattuë.
Dans la Place publique, où fut lû son Arrêt,
Que Gustave proscript paroisse tel qu'il est.
Vas le prendre des mains de son brave adversaire ;
Et de-là, devant moi, fais paroître sa mére.
Voici le Prince : vas, cher Rodolphe ; & revien
Me tirer au plutôt d'un fâcheux entretien.

SCENE II.

CHRISTIERNE, FREDERIC,

FREDERIC.

VOus aviez prétendu, Seigneur, que ma ten-
dresse
Se chargeât d'essuyer les pleurs de la Princesse ;
Et je vois qu'on la prive, en ce jour de douleurs,
Du seul soulagement qu'elle eût dans ses malheurs.
N'est-il pas temps, Seigneur, que le Vainqueur com-
mence

A triompher, s'il peut, des cœurs, par la clémence ?
Des cris du malheureux, ne vous lassez-vous pas ?
Et faut-il que le sang marque ici tous vos pas ?
Gustave a succombé ; (puisse pour notre gloire,
Un semblable triomphe échaper à l'Histoire !)
Enfin Gustave est mort : & tout vous est soumis.
Un coup infructueux joindroit la mère au fils.
La Princesse m'implore & nous la redemande ;
Pour l'intérêt commun, souffrez que je la rende,
Seigneur, & qu'une fois vous ayant désarmé,
Je serve ce que j'aime, & puisse en être aimé.

CHRISTIERNE.

Prince, on abuse ici de votre ministére.
Le Rival de Gustave en doit craindre la mére ;
Le passé, ce me semble, à tous deux, nous l'apprend ;
Et c'est une imprudence, en vous, qui me surprend.

FREDERIC.

La générosité jamais n'est imprudence.

CHRISTIERNE.

Elle ouvre quelquefois la porte à la licence.

FREDERIC.

Mais si l'on obéït : si l'on vous satisfait ?

CHRISTIERNE.

Leur séparation produira cet effet.

FREDERIC.

Mes soins l'auront produit, Seigneur.

CHRISTIERNE.

Quoi l'inhumaine.....

FREDERIC.

Obtenant Léonor, vaincroit enfin sa haine.

CHRISTIERNE.

Vous avez sa parole ?

FREDERIC.

Elle n'a rien promis ;

D ij

Mais je crois en pouvoir tout attendre à ce prix.

CHRISTIERNE.

Prince ; elle y compte en vain : c'est moi qui vous
l'annonce.

FREDERIC.

Quoi, je lui porterois cette triste réponse ?

CHRISTIERNE.

Triste ou non : j'ai parlé , ce décret vous suffit.

FREDERIC.

J'aurois crû mériter que l'on me satisfit.

CHRISTIERNE.

A son retour du Temple , on pourra lui complaire;

FREDERIC.

Il s'agit d'une grâce, & non pas d'un salaire.

CHRISTIERNE.

J'en crois faire une aussi, quand je laisse espérer.

FREDERIC.

Mais la Princesse craint , il faut la rassurer.

CHRISTIERNE.

Sa crainte nous répond de son obéissance.
Léonor lui rendroit bien-tôt son arrogance.
De leurs derniers adieux , on sçait l'emportement.
D'ailleurs, souvent l'amour se flâte aveuglément.
Le vôtre un peu crédule , & prompt à vous séduire
A peut-être entendu plus qu'on n'a voulu dire ;
Vous espérez beaucoup : mais ne peut-on sçavoir,
Les discours échappez d'où vous naît cet espoir ?

FREDERIC.

Non , Seigneur ; je vous crois ; je l'ai mal entenduë.
Tant de gloire en effet peut ne m'être pas dûë.
Je le veux : mais en dois-je aimer moins l'équité ;
Et ne consultant qu'elle, être moins écouté ?
Sommes-nous plus en droit d'opprimer l'innocence ?
Ne me pouvoir aimer , ce n'est pas une offence

A mériter les maux qu'elle endure à mes yeux ;
Et j'en ai trop été le prétexte odieux.
La Princesse m'est chére ; oüi, Seigneur : je l'adore,
Je l'ai dit mille fois, je le répéte encore :
Si j'en étois aimé, le soin de mon repos
M'eût rendu redoutable au plus fier des rivaux ;
Je soutiendrois mes droits au prix de mille vies.
Mais s'il faut renoncer aux douceurs infinies
D'un choix qu'avant ma flâme un autre a mérité ;
Je ne veux rien tenir d'aucune autorité ;
Rien ajoûter au poids des fers d'une Captive
Trop digne du haut rang dont le Destin la prive.
Rien devoir, en un mot, à ses nouveaux malheurs;
Je respectois ses feux, je respecte ses pleurs.
Pour la derniére fois enfin je le déclare :
Je n'y prétends plus rien. Le sacrifice est rare ;
Mais nés pour commander, Seigneur, dans nos pro-
      jets,
Soyons nos Rois nous-même & nos premiers Sujets.
Je dis plus : cédât-elle au pouvoir qui l'oprime,
Et l'espoir que j'avois devînt-il légitime,
(Ainsi qu'il est permis de l'espérer encor.)
Dès qu'elle a, par ma voix, demandé Léonor,
Léonor de ma main lui doit être amenée.
Vous avez, malgré moi, conclu notre Hyménée ;
Je ne vous ai que trop secondé là-dessus ;
Contentez-là, Seigneur : ou ne me pressez plus.

CHRISTIERNE.

Soyez donc satisfait ; loin que je vous en presse
Je prétends qu'entre vous toute liaison cesse ;
Et j'aurois déja dû vous avoir déclaré
Que ce n'est pas pour vous que l'Autel est paré.

FREDERIC.

Eh ! pour qui donc ?

G U S T A V E,

C H R I S T I E R N E.

Pour moi ?

F R E D E R I C.

Pour vous ?

C H R I S T I E R N E.

Oüi pour moi-même,

Je l'époufe. D'où vient cette furprife extrême ?
Quel autre, dans ma Cour, dégageant votre foi,
Pouvoit plus dignement vous remplacer que moi ?

F R E D E R I C,

Eft-ce moi, dont la flâme a comblé fa difgrace ?
C'eft celui qu'elle aimoit qu'il faut que l'on remplace ;
Et fi quelqu'un le peut dignement remplacer,
Je ne reconnois qu'elle, en droit de prononcer.
Chriftierne ; Eft-ce là l'ufage que vous faites,
D'un pouvoir que je céde ; & du rang où vous êtes ?
Mes refus généreux vous ont-ils couronné,
Ce rang qui fut à moi, vous l'ai-je abandonné,
Pour voir deshonorer l'éclat du Diadême,
Pour voir gémir le foible, & pour gémir moi-même ?
Ainfi vous confiant le plus faint des dépôts,
J'ai crû de plus d'un peuple affurer le repos :
Et j'aurai préparé ma honte & leurs fupplices ?
Que dis-je ? Malheureux dans tous mes facrifices,
J'adore Adélaïde & j'en fuis eftimé ;
Je furvis au Rival qui feul en eft aimé ;
Tout me force ou m'invite à m'en rendre le maître ;
Seul, je me le défends ; & vous prétendez l'être ?
Du prix de cet éffort, je ferai plus jaloux ;
Je me fuis immolé pour elle ; & non pour vous.
L'appui de Frédéric ne fera point frivole,
Vous oferez me perdre, ou je tiendrai parole ;
Oüi, de fa liberté vous païerez mes bienfaits ;
Ou vous vous foüillerez du plus noir des forfaits.

CHRISTIERNE.

Demeurez : je ne veux vous perdre ni vous craindre.
Mais j'ai, de mon côté, comme vous, à me plaindre,
Et laiſſant là le ton dont vous m'oſez parler,
Perfide ! cette nuit, où vouliez-vous aller ?
Gardes !

FREDERIC.

Je vois mon ſort : mais j'ai quelque eſpérance,
Juſte Ciel ! mon malheur hâtera ta vengeance !
Des crimes à leur comble, en ſont de ſûrs garans.
Protége Adélaïde ! & confonds les Tyrans !

CHRISTIERNE.

En imprécations, l'mpuiſſance eſt féconde.

SCENE III.

CHRISTIERNE, FREDERIC, OTHON, RODOLPHE, GARDES.

CHRISTIERNE.

Suivez les pas du Prince, Othon ; qu'on n'en ré-
         ponde,
Et qu'il ne ſorte plus de ſon appartement. *Othon ſort.*
Rodolphe, je te vois frappé d'étonnement.
Mais quoi ? devois-je encor ſouffrir qu'un témérai-
    re........

RODOLPHE.

Vous n'avez fait, Seigneur, que ce qu'il falloit faire,
Tout me devient ſuſpeƈt, tout vous doit l'être ici :
Et ce qui me ſurprend, va vous ſurprendre auſſi.
Guſtave n'eſt point mort

CHRISTIERNE.

                    Qu'entends-je ?
                         D iiij

RODOLPHE.

Adélaïde

Vous éclaireiroit mieux , sur un projet perfide
Dont elle a vû tantôt le complice ou l'auteur.

CHRISTIERNE.

Quoi ! ce fier Inconnu....

RODOLPHE.

N'étoit qu'un imposteur ;
Dont l'audace a d'abord secondé l'artifice ;
Et qu'elle a fait courir ensuite au précipice.

CHRISTIERNE.

Oser joüer ainsi la foi des Souverains !
Avec quelle assurance !.... Il est donc en nos mains ?

RODOLPHE.

Oüi , Seigneur : & de plus, par un bonheur extrême,
Cet Inconnu, je crois, est Gustave lui-même.

CHRISTIERNE.

Que dis-tu ? d'où te naît ce soupçon ?

RODOLPHE.

De tout l'or
Offert à l'un des Miens qui gardoit Léonor.
Dans ses empressemens pour cette Prisonniére,
On a crû voir un fils allarmé pour sa mére.
Le Garde incorruptible a paru l'écouter.
Par ce moyen sans bruit, on a sçû l'arrêter.
Je l'ai vû : sur son front , au lieu de l'épouvante ,
Sont peints le fier dépit & la rage impuissante.
Dans un profond silence , il demeure obstiné.
Mais plus il se taisoit, plus je l'ai soupçonné.
Songeons , pour nous convaincre, au parti qu'il faut
        suivre.
Si c'est votre Ennemi que le Destin vous livre ,
Il n'est ici connu que de quelqu'un des Siens,
Moins prêts à resserrer qu'à rompre ses liens.

Il importe pourtant de percer ce miſtére.
Mais ſans éclat de crainte.......

CHRISTIERNE.

Améne-t'on ſa mére?

RODOLPHE.

Je ne l'ai devancée ici que d'un moment,
Pour vous entretenir de cet événement.

CHRISTIERNE.

A quelques pas d'ici fais conduire le Traître,
Et qu'au premier ſignal, il ſoit prêt à paroître.
Léonor le verra; s'il eſt ſon fils: Ami,
La Nature jamais ne s'explique à demi;
Bien-tôt, la vérité ſe verra confirmée
Dans les regards ſurpris d'une mére allarmée.
Pour me nommer Guſtave, elle n'a qu'à frémir.
Cependant que l'on faſſe arrêter Caſimir.
Il nous trahit. Ceci le condamne & m'éclaire.
Ainſi que Frédéric, à mes deſſeins contraire;
Il a pour Léonor employé ſon crédit.
Elle entre. Vas, cours; fais tout ce que je t'ai dit.

SCENE IV.

CHRISTIERNE, LEONOR.

CHRISTIERNE.

Votre Juge offenſé n'eſt pas inéxorable.
Dans vos premiers tranſports, vous étiez excuſable.
Moi-même, dans les miens, je me ſuis tout permis:
En les deſavoüant, ceſſons d'être ennemis.
Mais ſçachez bien uſer de ma bonté facile:
Et ne vous parez point d'un orgüeil indocile
Qui pourroit vous couvrir de blâme en vous perdant.

On fignale , à fa honte , un courage imprudent.
Le vôtre expoferoit les jours de la Princeffe.
Jufqu'à l'excès, pour vous, l'amitié l'intéreffe.
Votre fort eft le fien ; fongez-y , Léonor.
Sauvez-vous ! fauvez-la ! vous le pouvez encor,
Promettez-moi , près d'elle , une heureufe entremife.
Qu'à mes ordres , vos foins la rendent plus foumife.
En un mot , réparez ce que vous avez fait.
A ce prix , je pardonne , & je fuis fatisfait.

LÉONOR.

N'efpére pas , Tyran , que mon orgüeil fe laffe.
Le tien fe fatisfait à me parler de grace ,
Et le mien , à vouloir n'en mériter jamais.
Puiffent mes foins te nuire autant que je te hais !
Vas ! la Princeffe inftruite affrontera ta rage.
Pour moi je refpirois , après un long orage ;
Les apprêts de ma mort fixoient tout mon efpoir.
Pourquoi fe changent-ils en l'horreur de te voir ?
Que nous propofes-tu ? Quelle offre ofes-tu faire ?
Quels traités ? Nous pleurons ; moi , Guftave & fon
     Pére ;
Elle , un Thrône ufurpé , fon Pére & fon Epoux.
Ce n'eft qu'à des Vengeurs à traiter avec nous.
Et du traité , ta mort feroit le premier gage.

CHRISTIERNE.

Toujours la même audace & le même langage ?
Et pourquoi toutes deux imputer à ma main ,
Les attentats d'un autre , & les coups du Deftin ?
Le fort favorifa mes armes légitimes.
Son Pére & ton Epoux en furent les victimes.
J'ai vaincu ; j'ai conquis ; & n'ai rien ufurpé.
Pour ton fils ; dans fon fang ma main n'a pas trempé.
Suis-je fon affaffin ? Veut-on que je réponde
D'un coup ?....

LEONOR.

Mérite-tu , lâche ! qu'on te confonde ?
Ta main n'a pas trempé dans le fang de mon fils !
Et fon Meurtrier ofe en demander le prix ?
Et tes tréfors ouverts s'épanchent fur le Traître ?
Tu n'as pas ignoré qu'en payer un, c'eft l'être :
Aux yeux des Nations dont tu feras l'horreur
Crois-tu , par ce détour , excufer ta fureur ?
D'un attentat infâme , eft-ce ainfi qu'on fe lave ?
Pour te juftifier du meurtre de Guftave ,
Décerne au Criminel un prix qui lui foit dû !
Que du Monftre , à mes yeux , tout le fang répandu
Prouve........

CHRISTIERNE.

Hé bien , j'y confens ; qu'il coule en ta préfence.
Tu vas voir fi le crime ici fe récompenfe :
Si je fuis fi coupable aux yeux de l'univers.
Rodolphe ! paroiffez.

SCENE V.

CHRISTIERNE , GUSTAVE* , LEONOR, GARDES.

* enchaîné

CHRISTIERNE.

Tiens ; regarde fes fers.
Eft-ce là donc un prix digne de tes reproches ?
Suis-je coupable encor du meurtre de tes Proches ?
Qu'il meure ! & qu'à jamais ce coup nous rende amis !
Qu'on l'immole ! frappez !

LEONOR.

Arrête !

CHRISTIERNE

Ah ! C'eſt ton fils !

GUSTAVE.

Oüi ; je le ſuis. Je fais cet aveu ſans contrainte.
Pour d'autres que pour moi, j'eus recours à la feinte ;
Mais mon propre péril me défend d'en uſer ;
Et je te crains trop peu pour daigner t'abuſer.

LEONOR.

O Sang d'un cher Epoux ! Fils d'un malheureux
     Pére !
Dans quel état le ſort te rend-il à ta Mére ?

GUSTAVE.

Madame, excitez moins un tendre mouvement,
Qui de notre malheur vient d'être l'inſtrument.
La ſeule Piété nous ravit la victoire.
En état de vous rendre un fils couvert de gloire,
Je n'ai pû vous laiſſer pour ôtage en ces lieux ;
Et voulant vous ſauver, je péris à vos yeux.
Daignez, pour prix d'un ſoin ſi funeſte & ſi tendre :
(Si pourtant le devoir a des prix à prétendre)
Daignez, ou retenir ou me cacher vos pleurs.
De nous-même & du ſort, ſoyons du moins Vain-
     queurs.
Guſtave à peine émû de ſa propre miſere,
Oſeroit-il s'offrir pour exemple à ſa Mére ?
Que perdez-vous, Madame ? un Fils déja pleuré.
Mais, moi qui vois la mort d'un viſage aſſuré,
Que de regrets mortels au moment où j'expire !
Je perds, avec la vie, une Mére, un Empire,
D'incroyables travaux le fruit preſque certain,
Ma gloire, ma vengeance ; Adélaïde enfin !
Pour tout laiſſer........ Helas à qui ?

LEONOR *tombant évanoüïe.*

Qu'on me ſoutienne.

GUSTAVE.

Mais que vois-je ? vos yeux ne s'ouvrent plus qu'à
peine.
Elle se meurt. Soldat, frappe ! délivre-moi
De tant d'objets d'horreur, de tendresse & d'effroi.

CHRISTIERNE.

C'est assez ; qu'elle sorte ; amenez-la, Sophie ;
Et que votre secours la rappelle à la vie.

SCENE VI.

CHRISTIERNE, GUSTAVE.

CHRISTIERNE.

GUSTAVE, il n'est pas temps encore de mourir,
Il faut auparavant ou me tout découvrir,
Qu s'attendre à long-temps languir dans les tortures.
Réponds, Traître ! Où tendoient toutes tes impostures ?
Est-ce à l'assassinat qu'aspiroit ta vertu ?
Quel dessein, quel espoir, quel complice avois-tu ?

GUSTAVE.

Si la nature en moi, tantôt eût pû se taire ;
Sourd à la voix du sang, si j'avois pû me faire
Un cœur aussi farouche, aussi bas que le tien ;
Je ne subirois pas ce funeste entretien.
Je veux bien m'abaisser encor à te répondre ;
Et c'est pour t'obéïr moins que pour te confondre.
Tâche à te rappeller ici tous mes discours,
Tu n'y remarqueras que de légers détours,
Sous qui la vérité maintenant reconnuë,
A d'autres yeux qu'aux tiens, eût paru toute nuë.
Mais la soif de mon sang qui te les fascinoit,
Vers l'erreur, à mon gré, plus que moi t'entraînoit.

Du reſte un vrai courage animoit l'entrepriſe.
On n'aſſaſſine point l'Ennemi qu'on mépriſe.
Je te l'ai dit ; la main qui t'eût fait ſuccomber ,
Sçait mériter la palme, & non la dérober.
Ma haine aux lâchetés , ne s'eſt point éprouvée.
A la tête des miens, la Princeſſe enlevée ,
Je t'aurois donc offert la victoire ou la mort ;
Et Mars, à force ouverte , eût réglé notre ſort.
Tels étoient mes deſſeins. Le Deſtin qui nous jouë,
Couronnant l'injuſtice , ordonne que j'échouë ;
Tu regnes , & je meurs : triomphe. Mais, crois-moi,
Ton bonheur ſera court ; triomphe avec éffroi.
Tant de calamité que Stockolme a ſoufferte,
Mon exemple , mes ſoins ont préparé ta perte.
Elle ſuivra la mienne , & la ſuivra de près.
Sois maître de mes jours ; & tandis que tu l'es,
Eprouve ma conſtance au milieu des ſuplices.
Je n'y dirai qu'un mot. C'eſt que j'ay pour Complices
Tous les gens vertueux que laſſent tes forfaits.
Je ne les trahis point. Tu n'en connus jamais.

CHRISTIERNE.

Ce mot ſeul va coûter bien cher à ta Patrie.
Moins tu crois la trahir , plus tu l'auras trahie.
A qui tout eſt ſuſpect , tout eſt indifférent.
Le ſang des Suédois coulera par torrent.
Que ſur un échafaut le tien les en inſtruiſe !
Vas-y trouver la mort ! Gardes ! qu'on l'y conduiſe.

SCENE VII.

GUSTAVE, CHRISTIERNE, ADELAÏDE, GARDES.

GUSTAVE.

A Dieu, Madame : il faut soutenir ce revers ;
Je n'aurois jamais crû vous laisser dans les fers.

ADELAIDE.

Et pourquoi voulez-vous renoncer à la vie ?
Fléchissez. Léonor, Moi, tout vous y convie.

Se jettant aux pieds de Christierne.

Serez-vous sans pitié ? Seigneur ; & ne peut-on......

GUSTAVE.

Adélaïde aux pieds du Boureau de Sténon !

CHRISTIERNE.

Que direz-vous pour lui ? Vous l'entendez, Madame.

ADELAIDE.

Par tout ce qui jamais eut pouvoir sur votre ame,
Plaignez mon infortune & daignez m'écouter.

CHRISTIERNE.

Vous sçavez à quel prix on peut vous contenter ;
Il ne tiendra qu'à vous que votre voix l'emporte.
Sa grace est aux Autels.

ADELAIDE

Ordonnez donc qu'il sorte.

CHRISTIERNE *bas.*

Qu'on le méne où j'ai dit ; mais en le gardant bien,
Que jusqu'à nouvel ordre on n'éxecute rien.

à Adélaïde.

Parlez. Je vous entends.

GUSTAVE.
                        Point de pitié, Cruelle!
Laiſſez frapper, Madame, & ſoyez-moi fidélle.

SCENE VIII.

CHRISTIERNE, ADELAIDE.

CHRISTIERNE.

MAis conſultez-vous bien ; & ſçachez qu'aujour-
        d'hui
L'éffort ſeroit funeſte à bien d'autres qu'à lui.
Que ſi le Fils périt ; la Mére eſt condamnée.
Que Stockolme, à la flâme, au fer abandonnée
Régorgera du ſang de tous ſes Citoyens;
Balancez maintenant mes avis & les ſiens.

ADELAIDE.

Quelles extrêmités! & quel Arrêt terrible !
Vous n'adoucirez point ce couroux infléxible ?
Quels objets, après tout, peuvent intéreſſer
A ce fatal Hymen, où l'on veut me forcer ?
Les droits que la Naiſſance attache à ma perſonne ?
Eh! s'il m'en reſte encor, je vous les abandonne.
La Fortune aujourd'huy vous les a confirmez :
Joüiſſez-en ! Jamais les ai-je réclamez ?
Ces droits, depuis neuf ans, cédez au droit des armes,
Ont-ils eû, dans mes fers, quelque part à mes larmes ?
Les ai-je, un ſeul inſtant, regrettez ? Non, Seigneur,
Toute ambition ceſſe, où regne la douleur.
De mon Pére égorgé la déplorable image,
De mon Amant proſcrit la mort ou l'eſclavage,
Son Rival importun, l'horreur de ma priſon,
Occupoient de trop près mon cœur & ma raiſon.

                                            Aux

Aux foupçons toutefois fi votre ame eft livrée,
Dans le féjour affreux dont vous m'aviez tirée,
Renvoyez-moi traîner le refte de mes jours!
Ou moins févére, helas! terminez-en le cours,
Mais ne me forcez point à me noircir d'un crime!
A trahir un Amant fidéle, magnanime,
A qui ma bouche a fait les fermens les plus doux;
Que même elle a déja nommé du nom d'Epoux,
Veut-on qu'Adélaïde infidelle, parjure......

CHRISTIERNE.

Rompons, rompons le nœud d'où naîtroit cette in-
        jure!
Guftave, en expirant, va vous en affranchir.
Je ne vous laiffe plus le temps d'y réfléchir.
Auffi bien l'on confpire; & je dois un éxemple.
Qu'on achéve.

ADELAIDE.

        Seigneur, qu'on me conduife au Temple!
Contentez Frédéric; & le faites chercher!
Qu'il vienne! fur fes pas je fuis prête à marcher.

CHRISTIERNE.

De vous fervir encor, vous le croyez capable;
Mais vous comptez en vain fur l'appui d'un Coupable
Qui, trop long-temps rebelle à mon autorité,
Lui-même, ici, n'a plus ni droits ni liberté.
Nous fçaurons célébrer, fans lui, cet Hyménée.
Venez, Madame.

ADELAIDE.

            A qui fuis-je donc deftinée?
Quel eft celui, Seigneur, à qui vous prétendez......

CHRISTIERNE.

Le Nord n'a plus de Reine; & vous le demandez?
Venez mettre, Madame, un terme à vos difgraces,
Rapprocher vos Ayeux, remonter à leurs placés,

Sauver en partageant le rang dont je joüis,
Guſtave, Léonor & tout votre pays !
Sinon...... Quel bruit affreux de loin ſe fait entendre ?
Il redouble ; on accourt ! Ah ! que vient - on m'ap-
  prendre ?

SCENE IX.

CHRISTIERNE, ADELAIDE, OTHON.

OTHON.

SEIGNEUR, par ce détour, on peut gagnér le Port,
Fuyez, vous n'avez plus que la fuite ou la mort.
Le Prince & Léonor, par les ſoins de Rodolphe,
Sur un de vos vaiſſeaux, ſont déja près du Golphe.
Vous aurez, en fuyant, de quoi faire la loi.
Le parti vous étonne, & révolte un grand Roi.
Mais vos armes, Seigneur, ſont ici les moins fortes.
A des flots d'Ennemis Stockolme ouvre ſes Portes.
Le traître Caſimir qu'on cherchoit vainement,
Se fait voir à leur tête ; & paroît au moment,
Que la Place déja de Mutins étoit pleine :
Et que tous nos ſoldats ne réſiſtoient qu'à peine.
Le nombre nous accable ; & pour tout dire enfin,
Le terrible Guſtave a le fer à la main.
Rien ne l'arrête ; il vole ; & bien-tôt......

CHRISTIERNE.

                          Qu'il me voye !
              à Adélaïde qu'il améne.
Je cours le recevoir. Toi, tremble ; & de ta joye
Viens payer, à ſes yeux, ce tranſport indiſcret.

ADELAIDE.

Qu'il vive ! qu'il triomphe ! & je meurs ſans regret !

GUSTAVE.

CHRISTIERNE.

Je puis la poſſeder, & je la ſacrifie !

à Othon.

Fuis, avec elle, Ami : ton Roi te la confie.

Je te ſuis ; je fuirai ; mais, grand dans mon malheur,

Je veux, même en fuyant, ſignaler ma valeur.

Fin du quatriéme Acte.

~~~~~~

ACTE V.

SCENE PREMIERE.

ADELAIDE, SOPHIE.

ADELAIDE.

JE revois la lumiére ; & tu veux que je vive.
Mais sous quel Astre enfin ? suis-je Reine ou Captive?
Parle ; dois-je bénir ou détester tes soins ?
Tes yeux de tant d'horreurs étoient-ils les témoins ?

SOPHIE.

Non , Madame ; j'étois dans ce Palais , errante ;
Lorsque , sans mouvement , pâle , froide , & mou-
rante ,
Je vous ai prise ici de la main des Vainqueurs.
Etoient-ce vos Tyrans ou vos Libérateurs?
Ma vûë , à ces objets , ne s'est guére attachée.
Léonor de mes bras , venoit d'être arrachée.
Mon trouble, votre état , des cris renouvellez ,
Par ces cris, les Vainqueurs , au combat rapellez ,
De tant d'événemens , & le nombre & la suite ,
N'ont pû , de votre sort , me laisser bien instruite :
Et du feu meurtrier le bruit sourd & lointain ,
Dit trop que le succès redevient incertain.
Mais l'inhumanité que j'ai le moins conçuë ,
C'est l'état déplorable , où je vous ai reçuë.

ADELAIDE.

Tu pâliras, Sophie, au récit du danger
Qu'en cet affreux désordre , on m'a fait partager.

Sur ces bords, dont l'hyver a glacé la surface,
Mes Ravisseurs fuyoient ; & franchissant l'espace
Qui semble séparer le rivage & les eaux,
M'entraînoient vers la Rade où flottoient leurs vaisseaux.
J'en croyois Frédéric ; & je m'étois flâtée
De voir, en sa faveur, la Flotte révoltée ;
Mais plus nous aprochions, moins j'avois cet espoir ;
Tout ce que j'apperçois paroît dans le devoir.
Laissant donc, loin de moi, Gustave & ma Patrie,
Je demandois la mort ; quand ce Prince en furie,
Du Palais où ses yeux ne me rencontroient point,
Entend mes cris, me voit, vole à nous ; & nous joint.
L'on se mêle ; je veux regagner le rivage,
Le feu, le sang, l'horreur me ferment le passage.
La Fortune se joüe, en ce combat fatal.
Sur la glace, long-temps, l'avantage est égal.
Elle nuit à la force, elle ayde à la foiblesse :
Et chaque pas trahit la valeur ou l'adresse.
Parmi des cris de rage, & de mourantes voix,
Un bruit plus éffrayant, plus sinistre cent fois,
Sous nous, autour de nous, au loin se fait entendre.
La glace en mille endroits, ménace de se fendre ;
Se fend, s'ouvre, se brise & s'épanche en glaçons,
Qui nagent sur un goufre, où nous disparoissons.
Rien encor (quelque éffroi qui dût m'avoir émuë,)
Rien n'étoit échapé jusqu'alors à ma vûë.
Mais du voile mortel, mes yeux envelopez,
D'aucun objet depuis n'ont plus été frapez.
De mon sort, mieux que moi, tu n'es pas informée.
Ainsi, de plus en plus, tu me vois allarmée.
D'un rude & long combat, peut-être, qu'affoibli,
Gustave est demeuré, sous l'onde, enséveli ;
Peut-être que sans Chef, nos Troupes fugitives
Auront à son Rival, abandonné ces Rives ;

E iij

GUSTAVE.
Et quand je me figure, en proye à ses transports ;
L'épouventable abîme où je retombe alors.......
SOPHIE.
Non, non ; d'un tel péril avoir été sauvée,
Au bonheur le plus grand, c'est être réservée ;
Madame, espérez tout ; cessant d'être ennemi,
Le Destin rarement favorise à demi.
ADELAIDE.
Helas ! Et que veux-tu qu'Adélaïde espére,
Si recouvrant le Fils, il faut pleurer la Mére ?
Quelle paix la Victoire offre-t'elle à mon cœur ;
Si Christierne fuit, s'il échape au Vainqueur ?
Léonor, au Tyran demeure abandonnée !
Elle ! à qui je dois plus qu'à Ceux dont je suis née !
Qui ne craignit, pour moi, les fers ni le trépas !
Loin de qui, l'amour même, a pour moi peu d'apas !
Son sang paîroit bientôt la commune allégresse !
Et je lui survivrois ?...... Le bruit des Armes cesse ;
Elles ont décidé, Sophie ; on vient à nous.
Je tremble. Casimir ! pourquoi me fuyez-vous ?
Ce jour auroit-il mis le comble à nos miséres ?

SCENE II.

ADELAIDE, CASIMIR, SOPHIE.

CASIMIR.
VOus remontez, Madame, au Thrône de vos
     Péres.
Mais dois-je y regretter l'état où j'ai vêcu ?
Gustave ? Léonor ?......
CASIMIR.
     Christierne est vaincu,

ADELAIDE.

Et peut-être vengé ?

CASIMIR.

Non ; mais tout prêt à l'être.

ADELAIDE.

Ah ! Vous n'avez rien fait !

CASIMIR.

Ayant vû fuir le Traître,
Qui du milieu des flots, brave à présent nos coups ;
L'impatient Gustave accouroit près de vous.
Mais par des Furieux qui refusent la vie,
Presque de pas en pas, sa course est rallentie.
Il faut combattre encor & vaincre à chaque instant.
Ami, prends, me dit-il, un soin plus important.
J'aurai bien-tôt percé cette Foule impuissante :
Dans la Tour cependant ma Mére est gémissante.
Chasse de devant elle, & la crainte & la mort ;
Et pour la ranimer, instruits-la de mon sort.
Je le quitte & j'accours : mais, helas ! du rivage,
Sur un Navire exprès approché de la plage,
Je découvre, (O spectacle, où, de la cruauté
Triomphe, sous nos yeux, l'horrible impunité !)
La triste Léonor, sur la pouppe enchaînée ;
Le Tyran, d'une main, la tenant prosternée ;
Et de l'autre, déja levant, pour se vanger,
Le fer étincellant tout prêt à l'égorger.
A cet aspect, vers lui, nos mains sont étenduës.
Du Peuple supliant le cri perce les nuës.
Pour une heure, le coup demeure suspendu :
Et par un trait lancé, ce billet est rendu.

ADELAIDE *le prenant.*

Ah ! Je ne vois, que trop, le choix qu'on nous y laisse

SCENE III.

GUSTAVE, ADELAIDE, CASIMIR,
SOPHIE, SOLDATS.

GUSTAVE *à sa suite, tandis qu'A-*
délaïde lit le billet.

SOLDATS! qu'on se retire, & que le meurtre cesse!
Que le Sang le plus vil, devenu précieux,
Témoigne que c'est Moi qui commande en ces lieux!
à la Princesse qui paroit accablée.
O faveur, que du Ciel je n'osois presque attendre!
Que de graces déja n'ai-je pas à lui rendre!
Madame; vous vivez; &, par d'heureux moyens,
Les secours de Sophie ont secondé les miens!
Vous vivez! quelle crainte, en mon cœur, est cessée?
Dans quel horrible état, je vous avois laissée,
Pour courir assurer un succès balancé,
Par le Tyran qu'enfin vos armes ont chassé.

ADELAIDE.

Helas!

GUSTAVE.

Votre vengeance eût été mieux servie;
Il eût, avec le Thrône, abandonné la vie;
Mais des soins plus sacrez me pressoient tour à tour;
J'avois à rassurer la Nature & l'Amour;
Vous & ma Mére, avez favorisé sa fuite;
Vous avez l'une & l'autre arrêté ma poursuite.
Sans vous deux, mes lauriers devenoient superflus;
Je vous voy. Je respire. Il ne me reste plus,
Pour goûter, sans mêlange, une faveur si chére,
Que de m'en applaudir, dans les bras de ma Mére,

Voyons-la. Quelle joye, après tant de malheurs !....
Mais que m'annonce-t'on ? Je ne vois que des pleurs ;
Vous, qui la secouriez ; répondez-moi, Sophie ;
Casimir...... Tout se tait. Ah ma Mére est sans vie ;

ADELAIDE.

Léonor voit le jour.

GUSTAVE.

Et vous gémissez tous ?

ADELAIDE.

Voyez quel sacrifice on éxige de vous.

Elle lui donne le billet.

GUSTAVE

LIT.

Ou deviens Parricide ; ou fléchis ma colére.
Gustave, je t'accorde une heure pour le choix.
Songe à ce que tu peux, songe à ce que tu dois.
Ou rends-moi la Princesse, ou vois périr ta Mére.

Le Barbare, en fuyant, l'avoit en son pouvoir ?

CASIMIR.

Du haut de ce Palais, Seigneur, on la peut voir,
Le poignard, à nos yeux, reste levé sur elle.

ADELAIDE.

J'attends le même coup de ma douleur mortelle.

GUSTAVE.

Juste Ciel ! A qui donc sera dû votre appui ?
La Piété, deux fois, m'est fatale aujourd'hui !

ADELAIDE.

Le Prince étoit, Seigneur, notre ressource unique ;
Je pourrois tout encor sur cette Ame héroïque ;
Et j'irois me jetter sans rien craindre à ses pieds ;
Si ce Rival étoit le seul que vous eûssiez.

GUSTAVE.

GUSTAVE.

Le feul ? ce n'eft pas lui que l'échange concerne?

ADELAIDE.

Non, Seigneur ;

GUSTAVE.

Et qui donc ?

ADELAIDE.

Le Tyran.

GUSTAVE.

Chrifticrne?

ADELAIDE.

Lui-même, j'aprenois-ce dernier coup du fort,
Lorfque fur l'Echafaut, vous attendiez la mort.

GUSTAVE.

Auffi n'eft-ce pas vous, qu'il faut livrer, Madame.
C'eft à moi d'affouvir le couroux qui l'enflâme.
Vas le trouver, Ami ; fçache s'il y confent.
De ce couroux ma Mére eft l'objet innoçent.
Qu'il accepte en échange un Rival qu'il détefte......

CASIMIR.

Moi, je me chargerois d'un emploi fi funefte !
Tout ordre qui vous nuit paffe votre pouvoir,
Séigneur ; & je vous fuis, pour n'en plus recevoir.

SCENE IV.

GUSTAVE, ADELAIDE, SOPHIE.

GUSTAVE.

MA Mére, je le vois, n'a plus que moi pour elle !

ADELAIDE.

Ah Prince ! où courez-vous ?

GUSTAVE.
>Où le devoir m'appelle.

ADELAIDE.

Insensé ! le devoir te fait-il une loi,
De périr, sans sauver ni ta Mére ni Moi ?
Pense-tu qu'à son Fils elle veüille survivre ?
Qu'en tous lieux, ton Epouse hésite à te survivre ?
Qu'il lui reste un réfuge ailleurs que dans tes bras ?
Et qu'en m'abandonnant, tu ne me livres pas ?
Que deviens-je ? S'il faut que ton sang se répande ?
Qui veux-tu, si tu meurs, Cruel ! qui me défende,
Contre l'opression d'un mortel Ennemi,
Plein du projet fatal dont ton cœur a frémi ?
S'il s'endurcit déja contre une telle image ;
Si, courant au trépas, tu crains peu qu'on m'outrage ;
Epargne ta Patrie ; & daigne au moins songer
Aux maux, où par ta mort, tu vas la replonger.
Ta valeur n'aura fait qu'accroître ses miséres.
La Cruauté sans frein, va rompre ses barriéres ;
Et jointe à la vengeance, aura bientôt versé,
Le peu de sang qu'ici ses excès ont laissé.
Amant peu tendre, Appui reprochable & fragile,
Condamnable Vainqueur, & Victime inutile,
Vas perdre, n'écoutant qu'un aveugle transport,
Ta Reine, ton Pays, ta Victoire & ta Mort.

GUSTAVE.

Je serai, si l'on veut, un Appui reprochable,
Une aveugle Victime, un Vainqueur condamnable ;
D'un régret volontaire, un Amant déchiré ;
Mais je ne serai point un Fils dénaturé !
Ma vie appartenant à qui me l'a donnée,
De remords éternels, seroit empoisonnée,
Si faute de l'offrir, l'oubli de mon devoir
Laissoit tomber un coup que j'aurois dû prévoir,

Que ma Mére, pour Moi, voit levé fur fa tête ;
Que même à partager, votre amitié s'aprête,
Qui dans l'attente enfin d'un échange odieux,
Des deux Peuples, fur Moi, fixe à préfent les yeux.
Juftice, Amour, Honneur, tout veut que je me livre,
Madame, encouragez ma Mére à me furvivre !
Pour recevoir fes pleurs, ouvrez-lui votre fein :
Soyez-vous l'une à l'autre, une reſſource. Enfin,
Pour Stockolme & pour Vous, ceſſez d'être allarmée ;
Je vous laiſſe au milieu d'un Peuple & d'une armée,
Dont ma Victoire a fait d'invincibles remparts.......
Mon cœur eft pénétré de vos triftes regards.
L'Amour me fait fentir tout le prix de la vie !
Mais j'aurai délivré ma Mére & ma Patrie,
Je vous aurai placée au Thrône, en vous quittant.
Mourant fi glorieux, je dois mourir content.
D'un infâme abandon, déja l'on me foupçonne.
Sous le fer menaçant, la Victime friſſonne ?
Et chaque inftant qu'ici j'accorde à mon Amour,
C'eft la mort que je donne à qui je dois le jour.
Adieu. (à *Sophie*.) Retenez-la.

ADELAIDE.

C'eft en vain qu'on l'efpére !

GUSTAVE.

Eh que prétendez-vous? Laiſſer périr ma Mére ?

ADELAIDE.

Non, mais t'accompagnant.......

SCENE V.

GUSTAVE, ADELAIDE, LEONOR, SOPHIE.

LEONOR.

Vous triomphez mon Fils.
Nous allons nous venger ; & nos maux sont finis.

ADELAIDE.

Ah que votre salut alloit coûter de larmes !

GUSTAVE.

Et quel prodige heureux fait cesser nos allarmes !

LEONOR.

Puisse-t'il à jamais épouvanter les Rois
Qui, sur la violence, établiront leurs droits !
Christierne laissant une foible espérance,
Ou peut-être, à l'Amour, préférant la Vengeance,
Du geste & de la voix, pressoit les Matelots ;
Il partoit ; & mon sang alloit rougir les flots.
Un tumulte soudain l'intimide & l'arrête.
Tous les Chefs de la Flote, & le Prince à leur tête,
Les armes à la main, volant sur notre Bord,
Fondent sur le tillac, où j'attendois la mort.
Rodolphe, trop fidéle aux volontés d'un Traître,
Glorieux & puni, meurt aux yeux de son Maître.
J'étois sans force, encore aux yeux de l'Inhumain ;
Le nouveau Roi m'aborde ; & me tendant la main,
Honteux de mes liens, veut les rompre lui-même.
Pour prémices, dit-il, *de mon pouvoir suprême*,
Madame, je vous rends à votre illustre Fils.
Que son Epouse, & m'aime & m'estime à ce prix !

Allez ; & de la paix soyez le premier Gage.
Mon cœur n'en goûtera de long-temps l'avantage.
C'est pour l'y rétablir que je vais m'éloigner,
Et ne mettre mes soins désormais qu'à regner.
Frédéric à ces mots, qu'un soupir accompagne,
Me laisse ; & fait partir la Flote qu'il regagne ;
Tandis que, sur ces bords, on rameine avec moi,
Le Monstre, dont la rage y séma tant d'effroi.

SCENE VI. & dernière.

GUSTAVE, ADELAIDE, LEONOR, CASIMIR, SOPHIE.

CASIMIR.

L'ALLEGRESSE par tout, Seigneur, vient de re-
     naître.
Christierne enchaîné, devant vous va paroître.
Son sang, sur le rivage, eût aussi-tôt coulé,
Et le Peuple en fureur l'eût cent fois immolé ;
Mais c'étoit vous priver du plaisir légitime,
D'égaler, s'il se peut, le châtiment au crime.
D'une honteuse mort il ordonna l'aprêt,
Il va, de votre bouche, en recevoir l'Arrêt.
            (*Christierne paroît enchaîné.*)

GUSTAVE.

Quel spectacle ! O Fortune ! ainsi donc ton ca-
     price
Quelquefois se mesure au poids de la Justice.
Tygre ! L'horreur, la honte & le rebut du Nord !
Regarde en quelles mains t'a mis ton mauvais sort !
Devant quel Tribunal il t'oblige à paroître !

GUSTAVE.

Sur ces terribles lieux, où je te parle en Maître,
Léve les yeux, Barbare! Et les léve en tremblant,
Voici de tes forfaits le Théâtre sanglant.
Qui te garantira des coups que tu redoutes?
Ces marbres prophanez & ces murs & ces voûtes,
Et l'Ombre de mon Pére, & l'Ombre de Sténon,
Et ce Reste éploré d'une illustre Maison:
Que vois - tu qui n'évoque en ces lieux la vengean-
    ce?
Toi-même en as banni dès-long-temps la clémence.
Le jour, l'heure, l'instant attestent contre toi.
J'ai vû lever le fer sur ma Mére & sur Moi.
La Reine a craint encor un destin plus horrible......

CHRISTIERNE.

Laisse de vains discours. Tu dois être infléxible
En me le déclarant, penses-tu m'émouvoir?
Toi, de qui la pitié croîtroit mon désespoir!
Ta vengeance déja devroit être assouvie.
Je me reproche moins mes fureurs, que ta vie.
Gustave triomphant, le trépas m'est bien dû.
Tu vois ce que me coûte un seul instant perdu;
Profite de l'éxemple, & satisfais ta rage.

GUSTAVE.

Nomme autrement là haine où l'équité m'enga-
    ge.
Je la satisfais donc. Je t'épargne. Survis
A la perte des biens qu'un Rival t'a ravis.
Eprouve les remords, les regrets, l'épouvante.
Même, à ta liberté, je défends qu'on attente:
Errant & vagabond, joüis-en, si tu peux!
Exécrable par-tout, sois par-tout malheureux!
Par-tout, comme un Captif que poursuit le supplice;
Et qui du Monde entier s'est fait un précipice!
Je te charge du soin de son embarquement,

Cafimir ; qu'on l'éloigne , & que dans le moment
Pour jamais , de ce Monftre , on purge le rivage.
Et Nous , Madame , après un fi long efclavage ,
En de tendres liens , allons changer nos fers ;
Et réparer les maux que Stockolme a foufferts.

Fin du cinquiéme & dernier Acte.

FAUTES A CORRIGER.

Titre. TRAGEDIE EN CINQ ACTES : ôtez ces mots EN CINQ ACTES.

Pag. 13. vers 17. devoir. lisez : penchant.

Pag. 20. vers 8. Qu'entens-je ? lisez : Que vois-je ?

Pag. 54. vers 5. disgrace ? lisez : disgrace ,

Pag. 59. Scene 5. LEONOR enchaînée. lisez GUSTAVE enchaîné.

Pag. 63. après le vers 12. lisez , ADELAIDE bas : & après le vers 13. CHRISTIERNE bas , lis. CHRISTIERNE.

Pag. 70. Scene II. entre les deux premiers vers de cette Scene, lisez ADELAIDE.

Pag. 75. vers 5. à te survivre. lisez : de te suivre.

Pag. 77. vers 17. aux yeux. lisez : aux pieds.

Pag. 78. vers 8. Le monstre. lisez : Le cruel.

Pag. 79. vers 13. laisse. lisez : tranche.

www.ingramcontent.com/pod-product-compliance
Lightning Source LLC
Chambersburg PA
CBHW060434260626
47161CB00005B/1924